sanblás

EL ESPEJO DE UN GODÍNEZ
de *Carlos Germán Palazuelos*

Todos los derechos reservados conforme a la ley
D.R. © 2024 Por la obra: Carlos Germán Palazuelos

Primera Edición: 2024

UN LIBRO DE
ESCUELA DE LETRAS Y EDITORIAL SANBLÁS.
Editor: Juan José Luna.
sanblas.escueladeletras@gmail.com
Tel. y WhatsApp: +52 664 3408889

Edición: Galaxia Literaria

ISBN-13: 979-8332-18769-8

Esta obra se terminó de imprimir en julio de 2024.
Impreso y hecho en México.
Printed and made in Mexico.

Queda estrictamente prohibida la reproducción parcial o total de los contenidos de esta obra por cualquier medio o procedimiento, sin para ello contar con la autorización previa, expresa y por escrito de los autores y autoras, instituciones, editores y demás titulares de los derechos.

sanblás

El Espejo de un Godínez

Carlos Germán Palazuelos

sanblás

Contenido

Prólogo..9
Capítulo 1. Godín, Primeros Síntomas...................... 11
Capítulo 2. Bienvenido a lo seguro 17
Capítulo 3. Jefe de jefes... 21
Capítulo 4. *My Friend* 27
Capítulo 5. Buen trabajo, Chico Maravilla.................. 33
Capítulo 6. Estás en problemas 39
Capítulo 7. Lambe botas 45
Capítulo 8. Pasillo de tacones, tu primer amor........... 53
Capítulo 9. Cuidado con la silla 61
Capítulo 10. ¿Amigos? 67
Capítulo 11. No te olvides..73
Capítulo 12. Confianza vs Sindicalizados 81
Capítulo 13. Mapacheo 89
Capítulo 14. La Guerra del Café 93
Capítulo 15. Renueva el ciclo 97
Capítulo 16. ¿Oficina o Sueños?................................ 101
Capítulo 17. Doctor Chapatín 105
Capítulo 18. Un lunes muy domingo 109
Capítulo 19. El Espejo de un Godínez 115

Dedicatoria

A mi madre, Marisa del Rocío, que siempre ha creído en mí.

A mi hermano, José Contreras, que siempre me ha guiado.

A mi tía Margarita Romero, que siempre ha estado para ayudar.

A mi abuela Delfina Palazuelos, que siempre me ha cuidado.

A mi familia, que, a pesar de ser nómadas, se siente su amor en la distancia.

A Jesús Salcido, por sus consejos y regaños.

A todos los Godínez que han hecho posible este libro.

A Dios.

Esta obra es una pequeña parte del camino que me ha tocado vivir laboralmente, que, sin duda, ha valido la pena cada lágrima, cada risa, cada beso, cada traición, cada persona, cada historia, cada decisión.

Me alegra que leas este libro. Ahora tienes en tus manos una parte de mi vida.

Gracias

Prólogo

El término «Godínez» tiene sus raíces especialmente en países occidentales; en México ha tenido una evolución. En sus inicios el concepto nació como «Los Peritos», posteriormente fueron «Los Gutierritos» y actualmente se conocen como «Los Godínez». Este término se utiliza para describir a aquellos empleados que trabajan en oficinas bajo ciertas condiciones. En ocasiones, estos empleados deben usar uniforme y deben cumplir con un horario establecido: registrar su hora de entrada y salida, realizar tareas asignadas por los jefes, comprar comida rápida por la mañana, disfrutan de beneficios como un seguro médico, cuentan con un salario seguro y envían el correo sin adjunto con el nombre del archivo denominado «Oficio El Bueno Actualizado Final 1» para entregar. Tal vez en tu país se les conocen como *Salaryman*, Oficinistas, Burócratas, *Office Workers*, todo depende de la zona en la que vivas.

En este mundo, todos tienen sus propias anécdotas, me gustaría compartir algunas contigo, aconsejarte y alertarte. Si estás buscando un trabajo Godínez, esto puede ser porque tu familia te ha dicho que busques un trabajo seguro o tal vez ya eres un Godínez sin saberlo. Sin duda alguna, hay algunas cosas que debes conocer antes de formar parte del Godinismo, así que estás en el libro correcto, pero quizás en el trabajo equivocado. No lo sabemos aún, pero puedo ser un espejo para mostrarte algunas anécdotas que debes conocer antes de adentrarte en este mundo o consolarte si eres un pensionado que tuvo que depender del bello arte del «trabajo seguro». Si deseas convertirte en Godínez y aún no sabes qué te espera, yo te lo contaré. Esto lo escribí detrás de un monitor inventariado.

Capítulo 1.
Godín, Primeros Síntomas

Tal vez antes de elegir qué estudiar, tus padres, familiares o conocidos te recomendaron estudiar una «profesión segura», que una vez graduado de la universidad obtendrías un «trabajo seguro». Entre otros, podrías optar por medicina, derecho, psicología, pedagogía, contabilidad, arquitectura, ingeniería, música. ¡Bueno, para mí música también cuenta! Es broma, en México no cuenta como una carrera segura, y esa fue la licenciatura que yo estudié. Estas son solo algunas de las profesiones por mencionar, pero hay otras más que se consideran seguras.

El momento de elegir una carrera es complicado. Y además, si estás confundido sobre qué estudiar, debido a las expectativas sociales o lo que desean tus padres para ti, en ese momento es donde comenzamos a perdernos en el camino y pensamos irnos por lo seguro. Aquí inician los primeros síntomas Godínez. Al elegir tu profesión creo que debemos preguntarnos lo siguiente antes de tomar una decisión: ¿Qué me gusta hacer en la vida? ¿En qué soy bueno? ¿Qué trabajo haría gratis? ¿Qué me gustaría hacer durante toda mi vida? ¿Cómo me veo en treinta años? Estas son algunas preguntas importantes que debes responder y ser sincero contigo. En mi caso, empecé estudiando Música Clásica como primera licenciatura, esto fue el resultado al responder las preguntas anteriores y mezclarlas con otras más. Cuando estaba en la preparatoria y hablaba con mis amigos sobre lo que íbamos a estudiar, mencionaron carreras como arquitectura, derecho, medicina. Cuando fue mi turno dije que iba a estudiar música. La primera frase que escuché fue «¿En qué ruta de camión vas a trabajar?». Todos se rieron y luego me preguntaron si en serio iba a estudiar eso. Imaginen la inseguridad que me hicieron sentir en ese momento. Pero ahí no termina la historia. Cada vez que les contaba a conocidos cercanos, maestros, familiares o incluso compañeros del equipo de fútbol lo que iba a estudiar, su respuesta era «Qué padre que quieras estudiar un hobby, pero después ¿qué vas a estudiar de verdad?». Fue difícil elegir una carrera que en mi país natal (México) es totalmente desvalorada, no hay muchas oportunidades laborales y no es bien remunerada. Podría seguir hablando sobre este tema, pero no todo es gris.

Respondí las preguntas que mencioné anteriormente; me gusta tocar un instrumento, disfruto la música en todas sus formas, soy bueno y disciplinado, estaría dispuesto a tocar gratis frente al público cuantas veces fuera necesario, quiero pasar toda mi vida haciendo música, cuando pienso en el futuro, me veo apoyando a otros artistas para que sigan sus sueños. Por supuesto, estas respuestas vienen con matices y variantes. Como ejemplo, soy cantautor, cuando pensé en lo que se me daba bien, supe desde el principio que nunca sería un Vicente Fernández porque mi voz no me da, pero me gusta escribir, entonces me enfoqué en componer. Cuando tocaba mi instrumento clásico, el corno francés, sabía que nunca sería Radek Baborák, pero sí podría ser el mejor segundo corno de una orquesta. Fui sincero al responder estas preguntas, ahora respóndelas tú, eso será clave para determinar tu futuro.

En el proceso de selección universitaria, me hicieron un examen previo para vincularme a otra carrera en caso de que los resultados no fueran favorables. Mis opciones fueron: 1) Licenciatura en Música, 2) Licenciatura en Arquitectura y 3) Licenciatura en Veterinaria. Mi inseguridad se reflejó como un músico al que le gusta construir casas y cuidar animales. Lo mejor de todo es que me incliné por mi primera opción. Tuve que empacar mis cosas para irme de casa e iniciar mi etapa estudiantil. Entré a la universidad, comenzaron las clases y conocí asignaturas que ni siquiera tenía en el radar: solfeo, armonía, historia de la música, lectura a primera vista, orquesta e instrumento, entre otras. Probé un poco de cada una y me di cuenta de que había materias que no me interesaban mucho; luché por aprobarlas, pero no fui uno de los mejores promedios. Hice lo mejor con las habilidades que tenía y siempre mantuve la constancia.

Al llegar al tercer trimestre no podía dejar de pensar que la licenciatura en Música no era una carrera segura, ¿qué iba a hacer? Esto se debía a ideas adoptadas de los cánones sociales. Así fue como empecé a investigar sobre otras licenciaturas para tener más opciones. Descubrí algo interesante durante ese proceso; existían los derechos de autor. Yo ya había realizado procesos autónomos como cantautor ante INDAUTOR (Instituto Nacional del Derecho de Autor), así que un día llegué con mi mamá y le dije que también quería estudiar Derecho a la par de música; tenía tiempo y energía para hacerlo. Entusiasmado, me inscribí en otra universidad con la esperanza de aprender todo sobre derechos de autor y combinar las leyes con la música.

Comenzaron las clases, descubrí el derecho laboral, me di cuenta de que tenía dos opciones en la vida: ser patrón o ser trabajador. Cualquiera de las dos opciones era buena, conocer las leyes laborales no me restaba nada, al contrario, sumaba conocimiento. Así que empecé a hacer mis prácticas en la Junta de Conciliación y Arbitraje.

Fue ahí donde tuve mi primer acercamiento con el mundo Godín; el olor a café por las mañanas, los panecitos, los burritos, los chismes tempraneros, el sonido de los tacones al pasar, un horario establecido, archivos tras archivos, papeles tras papeles y plumas azules, incluso las famosas cervezas al salir del trabajo. Conocí ese peculiar mundo mientras hacía mis prácticas en una oficina. Vivir esa experiencia me hizo darme cuenta de algo: no me veía detrás de una computadora redactando conflictos legales para otras personas durante treinta años, solo cambiando la fecha, el nombre de la persona y el domicilio, era algo que no visualizaba para mí.

Terminé mis prácticas. Tuve la suerte de que un despacho legal privado me invitara a formar parte del equipo como representante del sector empresarial. Acepté y descubrí una forma diferente e interesante de ver el derecho; era más emocionante trabajar atendiendo clientes, saliendo a la calle y redactando demandas estratégicas en una oficina —aunque lo único que no me gustaba era tener que despedir empleados—. Pasé aproximadamente un año en el despacho. Luego les dije que no podría seguir. Fue una respuesta de mi instinto, estaba descuidando la música por papeles y cervezas. El despacho quedó algo decepcionado, pero me agradecieron y dejaron la puerta abierta para regresar si cambiaba de opinión. Así que abandoné la abogacía y volví al mundo de la música. Un maestro alguna vez me dijo: «La música no es gripa, no se quita, siempre está contigo».

Después de seis meses y con necesidad de alimentarme y pagar renta, regresé al despacho por un año más, ya que la música no era muy redituable y finalmente decidí desertar nuevamente. Nunca pude aprender completamente ni dominar esa rama del derecho porque simplemente no me interesaba tanto como el mundo de la música. Fue un tiempo de aprendizaje, tal vez hoy en día sería uno de los abogados laboralistas más prestigiosos en México si hubiera seguido ese camino, pero volví a ser sincero conmigo mismo.

Durante mi carrera en derecho nunca aprendí nada sobre derechos de autor, todo eran casos penales como los que ves en las series de Netflix o casos civiles típicos como divorcios, ¡qué novedad! Tuve que investigar por mi cuenta para conocer nuevos campos como marcas y patentes. Descubrí que existen áreas relacionadas con la gestión cultural, políticas culturales, economía naranja y otras disciplinas que engloban el mundo musical.

Mientras terminaba mis estudios, acepté un trabajo en otra ciudad como parte de una orquesta, tocando el corno francés. Había una sinergia en la sección, la música volvió a triunfar, pero en mi cabeza seguía rondando la idea del «trabajo seguro». Tal vez inconscientemente imaginaba una oficina con olor a café por las mañanas. Fue entonces cuando mi ADN Godín me impulsó a buscar nuevas oportunidades. Pregunté en un centro cultural de la ciudad si necesitaban apoyo administrativo. Afortunadamente, me contrataron como asistente de la subdirección, encargándome de los temas musicales del centro. Ahí fue donde tuve mi primer empleo formal como todo un Godín bajo contrato.

Recuerda que la carrera y el trabajo que elijas deben hacerte sentir bien contigo mismo. Sé sincero, puede llevarte un tiempo encontrar una respuesta definitiva. Durante toda mi carrera luché entre las creencias sobre tener un trabajo seguro o seguir mi pasión. Al final ganó mi pasión mezclada con nuevos conocimientos, lo cual me llevó a una transformación dentro del mismo mundo musical, iniciando en mi primera etapa de Godínez.

El destino es incierto y eso da miedo, pero mientras confíes en ti y manejes el barco con vientos a tu favor, eventualmente llegarás a tierra firme.

"Cada uno da lo que recibe, luego recibe lo que da, nada es más simple, no hay otra forma, nada se pierde, todo se transforma".

JORGE DREXLER

Capítulo 2.
Bienvenido a lo seguro

Existen dos formas de acceder a un «trabajo seguro». La primera es por palanca[1], (influencias), un término comúnmente utilizado en México. Consiste en ser hijo de alguien con poder, tener un padrino, ser amigo del amigo o haber entregado algo a cambio por el trabajo; en pocas palabras, todo lo que te permita obtener el puesto sin cumplir con los requisitos necesarios. No tienes las capacidades para el puesto, pero te lo dan. ¿Cómo se logra esto? Con palanca.

La segunda forma de conseguir un empleo es ganándotelo legítimamente, contando con estudios y los conocimientos necesarios para el puesto; las experiencias respaldan tu capacidad, tu currículo te respalda, te lo mereces. Cuando te encuentras en proceso de buscar un nuevo empleo, debes pasar por entrevistas. Por supuesto, esto aplica si tu única forma de lograrlo es por la segunda forma, si entras por la primera forma prepárate para ser un avioncito[2]; simplemente obtienes el trabajo sin ob-

---
[1] **Palanca:** Es una definición en México que se utiliza cuando alguien te mete a trabajar o entregas algo a cambio para obtener el puesto.
[2] **Avioncito:** Una persona contratada que no va a trabajar o no hace nada, está por recomendación.

jeciones ni responsabilidades. Mi primer empleo como Godín ocurrió de la segunda manera.

Una tarde asistí a una charla sobre Políticas Culturales. Estaba lleno de catedráticos con trajes, corbatas y portafolios. Al presentar al ponente le dieron el uso de la voz al director del instituto. Lo primero que pensé fue «voy a saludarlo y ponerme a sus órdenes». ¿Por qué? No lo sé, simplemente lo hice. Terminó la charla y él se dirigía a su oficina cuando me acerqué e interrumpí su camino para presentarme. «Hola, mi nombre es Carlos Germán Palazuelos. Soy un músico interesado en aprender gestión cultural y ofrecer mis servicios voluntariamente para adquirir experiencia mientras continúo mi formación académica». Él respondió: «¿En serio estás interesado? Ven mañana a las 10:00 a. m. para una entrevista y con gusto te apoyaremos». Así fue, estuve en el lugar correcto, en el momento indicado.

Despierto emocionado, busco ropa adecuada, preparo un buen desayuno y le pido a Diosito que me haga la buena. Llevo mi auto a lavar, me lanzo por un buen café y guardo mi currículum en un folder bonito. Todo tenía que ser perfecto porque ese era mi día. Era una oportunidad, quería aprovecharla, no tenía palanca, si tienes palancas no es necesario estar tan preparado. Llego al lugar citado, entro a la oficina de la subdirección; paredes de vidrio, sillas ejecutivas negras, un agradable aroma a café mezclado con vela de vainilla, era un agradable lugar. La asistente del subdirector me indica que tome asiento mientras espero a ser atendido. Pasados unos diez minutos, me indican que pase a su oficina. Entro con seguridad y con una sonrisa me presento mientras el subdirector se levanta de su silla, un hombre alto con una altura de 1.90 aproximadamente, delgado e imponente como todo Yaqui, —da la casualidad que era sonorense—; viste un saco negro y sonríe mientras estrechamos las manos. Me invita a tomar asiento y menciona que el director le informó sobre mi ofrecimiento voluntario para formar parte de su equipo.

La primera pregunta que me hizo fue: «¿Por qué gratis?». Respondí: «Soy músico y por el momento tengo un empleo como parte de una orquesta, me interesa aprender más sobre temas culturales y ayudar a otros músicos». Él sonríe y me pregunta si tengo mi currículum a la mano, respondo rápidamente que sí, lo entrego y él comienza a leerlo. Se da cuenta que tengo dos licenciaturas, le agrada mi perfil. La segunda pregunta que me hizo fue «¿Quieres trabajar?» Fue un balde de agua fría cuando me ofreció trabajo basándose en mi currículum, utilizando la segunda forma de acceder a un empleo. Luego me dice: «Podemos pagarte tanto al mes» —en ese momento era una fortuna para mí—. Respondo con calma, como si fuera algo normal: «Bueno, podría aceptarlo». Por dentro, estaba emocionado. Para finalizar me dijo que estaría a prueba dos meses antes de darme el cargo oficial. Para concluir solo mencionó que debía llegar mañana a las 9:00 a. m. Estrechamos las manos y sonreímos.

Salí en ese momento contento; mi primer empleo de Godínez, con un buen sueldo, en la institución, haciendo actividades en donde sé que sería feliz al apoyar a la comunidad de artistas... llegué buscando bronce y encontré oro. No buscaba nada, solo llegó, cuando te toca te toca. Así que creo fielmente que la primera impresión sí cuenta, es clave para el éxito. Algunas veces ofrecer tus servicios gratuitamente es una estrategia favorable para entrar a un lugar, cuando vas iniciando tu carrera de *estudiambre*[3] a profesional.

El primer día fue emocionante; es como tu primer beso, no sabes qué hacer, pero lo haces. Nervioso llego a la oficina del departamento, me indican que estaré sentado en ese escritorio. Imagínense mi estado de emoción: un escritorio y una silla rota incómoda solo para mí. Siendo honesto era un espacio incómodo, pero para mí era lo mejor que me hubiera pasado. Una vez instalado comienzan a presentarme con mis nuevos colegas. Con una sonrisa me presento. Momentos más tarde llega el director felicitándome y una compañera que venía acompañada de él dice una frase que nunca olvidaré: «Que el tiempo sea largo y tu estancia placentera». No sabía cómo tomar eso, solo le di las gracias y me instalé. La aventura apenas comenzaba, conseguí un trabajo seguro.

---

[3] **Estudiambre:** Cuando estás estudiando y nadie te quiere contratar para trabajar, le batallas económicamente, estudiando y trabajando con sueldo bajo.

Capítulo 3.
Jefe de jefes

El primer día de trabajo fue una experiencia llena de aprendizaje. Tuve que familiarizarme con los procesos administrativos, aprender las actividades que realizaría y las funciones que hacían mis compañeros, aprender la clave de la computadora, aprender dónde guardaban el café, aprender, aprender y aprender. Todo era nuevo para mí, me sentía como un bebé, sentía cierto grado de nerviosismo.

Durante esos días, compré cosas para mi oficina: adornos, una mini cafetera, una USB, lápices, plumas, agenda, cuadernos, todas las herramientas necesarias para trabajar. Algo que puedo recomendar es que el espacio donde estarás laborando lo hagas un espacio estéticamente bonito y cómodo. Si tienes luz natural, es lo mejor que te puede pasar. Pon un difusor con olores frescos o velas aromatizantes, pinta tu oficina a tu gusto, recuerda levantarte de la silla cada hora a estirar o caminar para despabilarte, crea un espacio agradable y siéntete bien estando en ese lugar. Recuerda que pasarás mucho tiempo en la oficina, tal vez más que en tu casa, así que disfruta.

En mis primeros días comenzaba a conocer a las y los compañeros, lo que no esperaba es que cada que me presentaban a alguien me decían: «Él es tu jefe, él es tu jefe, ella es tu jefa, ella es tu jefa», así en repetidas ocasiones, hasta que me dicen: «Él es tu jefe directo». Todo iba tomando sentido, pero arriba de él había más jefes. Así que vete acostumbrando a que siempre habrá alguien arriba del jefe, pero también existen los que se creen jefes y no lo son, es por eso que debes mentalizarte que vas a lidiar con diversos tipos de jefes que encontrarás en tu camino de Godínez. Te mencionaré algunos jefes con los que he colaborado:

Jefe Directo: Siempre dependerás de él, así que debes llevar la fiesta en paz en todos los aspectos, debes hacer caso a sus indicaciones. Sé paciente, siempre apóyalo, es lo mejor que puedes hacer como su colaborador cercano. Trata de hacer tu trabajo lo mejor posible para que lo hagas ver bien, es decir, haz la chamba y que él se tome la foto, eso hablará bien de ti. Siempre los colaboradores saben quién trabaja y quién no, relájate.

Jefe Maestro: Espero que en tu primer empleo te encuentres con un jefe maestro; al menos yo tuve la fortuna de tener uno. Este tipo de jefe siempre verá algo especial en ti y se esforzará por enseñarte de la mejor manera posible. Será muy paciente contigo y te guiará a través del proceso mientras desarrollas la capacidad para trabajar por tu cuenta. Por lo general, no son egoístas y siempre están dispuestos a ayudarte cuando tengas dudas. Confía en ellos; si te enseñaron lo que saben, es porque confían en sí mismos y saben que no les vas a quitar el puesto. Si tienes la suerte de tener uno así, aprovecha al máximo esta oportunidad y aprende todo lo posible. Recuerda que no hay preguntas tontas, sino tontos que no preguntan.

Jefe Pedales: Este tipo tiene sus pros y contras. Lo bueno es que todos los días después del trabajo se dirige a su «segunda oficina»: el bar donde reúne a todos los Godínez para hacer grilla[4], hablar de los chismes laborales, proponer proyectos y establecer relaciones públicas. Puedes pasar un rato divertido allí, sin embargo, ten cuidado, ya que todo lo dicho durante esos momentos puede ser utilizado en tu contra al día siguiente cuando vuelvan a la sobriedad. He visto a personas perder sus empleos después de una noche de borrachera. Mi recomendación es que solo tomes dos bebidas por cortesía, hagas relaciones públicas y luego te retires. Tres bebidas ya es borrachera. ¡Cuidado!

Jefe Queda bien: Siempre habrá personas en todos los niveles jerárquicos que quieran quedar bien, pero si tienes un jefe de alto rango que siempre busca quedar bien, prepárate para tener actividades urgentes y estar estresado constantemente. En las reuniones con todos los colaboradores él siempre hará comentarios para sobresalir, tratará de estar presente en las reuniones con su superior para ser su favorito/a y siempre les dirá a los empleados bajo su mando que ha sido una semana difícil para hacerlos sentir como si él trabajara mucho. Estar estresado será parte de su rutina y siempre dirá «sí» a todo lo que le diga su superior. Decirle sí a todo para quedar bien con el

---

[4] **Grilla:** Son reuniones en donde hablan mal de la gente y buscan estrategias para eliminarlos del mapa.

jefe es peligroso, así que presta mucha atención a lo que haces y respira.

Jefe Egoísta: Si quieres tener una carrera como Godín, creo que es importante aprender de este tipo de jefes para no repetir sus acciones. Este tipo siempre intentará opacarte; probablemente te enseñará el proceso al revés o simplemente no te enseñará nada con el fin de asegurarse de que no sepas más que él/ella. Son inseguros por naturaleza, así que prepárate para nunca recibir felicitaciones ni agradecimientos ni palabras amables por parte de ellos/as. Regularmente sentirás una vibra negativa. Asegúrate de tener tu chamarra cerca ya que intentará congelarte[5] cada vez que pueda. Te verá como un rival, estos jefes son los peores. Sin embargo, te harán aprender mucho y crecerás como persona. Aguanta, aguanta.

Jefe Mierda: Tenía dudas sobre si llamarlo «Jefe Inteligente», pero te contaré por qué decidí llamarlo así. Este tipo de jefe es extremadamente peligroso: se hacen pasar por tus amigos, te apoyan en todo y te dan consejos, salen a divertirse contigo, van a desayunos, crean un vínculo de «amistad» contigo. Tú, siendo una buena persona, crees que son tus amigos de verdad y confías, sin embargo, si un día estás en problemas, desaparecen, no responden tus llamadas ni mensajes y usan todo lo que saben de ti en tu contra. Se lavan las manos y continúan su camino sin ti. Más adelante compartiré una anécdota sobre este tipo de jefe; cuando eso suceda, sentirás una gran decepción.

---

[5] **Congelarte:** Es cuando tu jefe te bloquea, no te habla, no te da tareas, simplemente le eres indiferente.

Jefe Balín: No he encontrado muchos de estos, pero algunas veces pasa. Es el preferido del jefe de jefes, es decir que es intocable, no lo quitaran de su puesto por nada del mundo. Entonces no va a la oficina, no le da importancia a su trabajo, en realidad la oficina es su segundo plano, por ende, no tendrás tanto trabajo, puede que te aburras, pero no lo van a correr, así que puedes aprovechar tu tiempo para mapachear. Te cuento más adelante sobre este término.

El que se cree Jefe: De estos existen varios. Siempre te dirán cómo debes hacer tu trabajo, te van a querer dar cátedras aunque sean los más flojos del trabajo, te dirán que son amigos del amigo y que su padrino es fulano de tal. Siempre se van a quejar del trabajo del jefe de jefes, ellos opinarán diariamente cómo se debe hacer, pero a pesar de eso no cuentan con ningún cargo. Opinan, opinan y opinan, pero no tienen ni voz ni voto, solo se creen jefes. A ellos solo los puedes ignorar.

Jefe Ideal: Este debería ser el tipo de jefe con el que todos quisiéramos trabajar. Son personas con experiencia, son institucionales, respetuosos, trabajadores e inteligentes. Tienen habilidades para tomar decisiones y resolver problemas eficientemente. Estos jefes hacen un poco de todo cuando la situación lo requiere, incluso si eso significa trapear el piso. Son ejemplares, obtienen buenos resultados en su trabajo. Por lo general, no establecen vínculos de amistad con sus colaboradores, lo cual es correcto, sin embargo, nunca pierden la parte sensible y humana hacia los trabajadores. Casi siempre, todo su personal respalda su trabajo, es decir, su trabajo habla por sí solo.

Seguramente existen otras categorías, estos son algunos con los que colaboré en mi etapa de Godínez. Solo decide qué tipo de jefe quieres ser, recuerda que siempre habrá un jefe arriba del jefe. Algunas veces me pregunto si el mismo presidente de la Nación tiene un jefe, tal vez…. Dios.

"Un líder lo es por el ejemplo y no por la fuerza".
Sun tzu

Capítulo 4.
My Friend

Quise dedicar un capítulo completo a este tema porque es importante. Podría mencionarlo en cualquier momento, pero este tipo de personas marcan tu vida y merecen su propio espacio. Los primeros días laborando son para conocer a tus compañeros, familiarizarte con nuevas caras y darte cuenta de que, a partir de ese día, tu lugar de trabajo será como una segunda casa. Tendrás que trabajar con ellos, ya sea que estén de buenas o de malas. Es tu nuevo hogar. Irás aprendiendo que hay personas que siempre quieren quedar bien, otras son arrogantes, algunas son flojas y también están aquellas que siempre están dispuestas en ayudarte. Estas personas se convierten en tus aliados, en tu pañuelo de lágrimas. Si te digo la verdad, en trabajos institucionales lo mejor es evitar amistades con vínculos de cariño, ya que existe la posibilidad de que un día tengas que despedir a tu amistad o a tu pareja, o él a ti. Sin embargo, existen excepciones y debes estar atento para reconocer cuando una amistad laboral puede convertirse en una verdadera amistad; entonces se convierte en tu *friend* y tu aliado de guerra.

Entre todos los jefes con los cuales trabajaba en ese momento, había uno llamado Medellín, con quien hice *click* desde el principio. Les contaré cómo lo conocí. Mi jefe directo me mandó a solicitarle algunas cosas. Al llegar a su oficina escuché música interesante, le pregunté quién era el artista y me platicó que era un proyecto que tenía hace mucho tiempo con algunos amigos. Le di mi opinión, me gustó lo que escuché. Comenzamos una conversación sobre música. Le conté acerca de mi proyecto musical y mi sueño de ser compositor. Pasaron unas dos horas mientras charlábamos sobre esto y aquello de la música, hasta que regresé a la oficina. Mi jefe directo me preguntó si tenía la información solicitada. Nervioso respondí que sí, solo que tenía que ir al baño rápido por emergencia. Corriendo, regresé a la oficina de Medellín, nervioso y apurado le pedí el trabajo que me habían solicitado. Le comenté que había olvidado el tema. Me entregó la información y logré mi hazaña en dos horas y media.

Cuando tenía tiempo libre, solía ir a hablar con Medellín, ya que trabajábamos juntos hasta cierto punto, filosofábamos, nos desahogábamos y nos dábamos consejos; nos ayudábamos. Él, siendo una persona con experiencia en el medio de los Godínez, me sugería cómo hacer ciertas cosas. Uno de sus consejos que considero muy valioso y les invito a seguirlo al pie de la letra es el siguiente: «Manda todo por correo electrónico». Si no existe correo, no existe trabajo. Te confirmo que ese consejo es verdadero; la única forma de respaldar alguna acusación falsa es mediante pruebas documentales. Utiliza el correo electrónico, es tu único respaldo, tu método de evidencia. A mí me ha salvado de varias. Durante mi estancia placentera pero no duradera en ese empleo, Medellín fue como un *coach*, siempre lo vi como un maestro Zen, ya que me enseñó todo lo necesario del mundo Godínez. Me enseñó a conservar la calma en momentos de urgencia y estrés. Lo que nunca olvidaré es cuando me enseñó las funciones de su cargo como coordinador. Él estaba por renunciar y quería prepararme para que yo ocupara su puesto. Esto fue una enseñanza de vida; él podía solo renunciar, pero no, él quería prepararme y después renunciar. En ese lapso, se atravesó un fenómeno mundial: la pandemia del COVID-19.

Fue mi aliado durante todo el tiempo e incluso durante la pandemia. Cuando teníamos llamadas virtuales, me contaba que quería renunciar. Tenía ocho años en ese empleo, se sentía cansado e insatisfecho, quería dedicarse a sus proyectos personales, quería ser libre. Yo, como mal amigo en ese momento, debido a mis ideales tradicionales, le decía que no renunciara; lo habían ascendido de puesto, no podía renunciar, necesitaba un «trabajo seguro» para mantener a su familia, además, con el acontecimiento histórico de la pandemia, nadie sabía qué nos depararía el futuro como humanidad. Me argumentaba sobre sus proyectos, los escuchaba arriesgados. Yo aún no entendía que trabajar tanto tiempo en el mismo lugar era agotador. Él quería tirar todo por la ventana y volver a comenzar. Pude convencerlo de que no renunciara en ese momento, sino hasta que regresáramos al trabajo presencial con la nueva normalidad del cubrebocas y todos los protocolos que dejó la pandemia.

Recuerdo claramente el día de su renuncia. Yo estaba organizando un ciclo de jazz en los jardines del instituto. Me envió un mensaje preguntándome si podía ir a su oficina, ya que tenía algo importante que contarme. Cuando llegué allí, me dijo: «*My Friend*, estoy muy contento; ya hablé con el director y he decidido renunciar. Me voy, renuncio». Casi me da un infarto. No sabía cómo sentirme al respecto, no sabía qué sensación tomar, si era algo bueno o algo malo. Solo me quedé *shock* y le pregunté: «¿Ahora qué viene?, ¿qué piensas hacer?» Él solo respondió: «*My Friend*... lo que tenga que venir». Aún no entendía completamente qué significaba eso.

Para mí fue triste ver partir a *my friend,* me quedé sin aliado en la guerra. Ojo, las charlas no eran grillas[6], quiero dejar claro que esto no era chisme, simplemente charlas confidenciales. Como se dice; lo que se habla en la oficina se queda en la oficina.

Recuerdo cuando se despidió de todos nosotros, le hicimos un convivio y se fue por la puerta grande, con la cabeza en alto. Me despedí de él con un fuerte abrazo y me dijo: «*My Friend*, nos vemos en la jungla, allá afuera». Fue triste, le deseé lo mejor. La vida y el trabajo no frenan, la función debe continuar.

Hubo varios movimientos en el trabajo. Pensé que me ascenderían de puesto, ya que tenía todas las cualidades necesarias para ello, aparte estaba capacitado, pero no fue así. Se hicieron todos los movimientos necesarios; yo no fui opción, yo no figuré en el mapa. Ahora decepcionado y triste, tocó a mi puerta una nueva oferta de trabajo. Recibí una propuesta en otra ciudad; no lo

---

[6] **Grilla:** reuniones en donde hablan mal de la gente y buscan estrategias para eliminarlos del mapa.

pensé dos veces antes de aceptarla. Reflexioné, me sentía incómodo debido a ciertas situaciones decepcionantes, aparte ya no estaba *My Friend*. Acepté el nuevo empleo. Unos meses después llamé a Medellín para contarle sobre mi renuncia voluntaria, le envié una foto del documento oficial, me felicita, me da la bienvenida al mundo del *freelance*.[7] En ese momento, le explico que continuaría de Godínez, pero ahora como jefe, subí de nivel. Mi historia apenas empezaba.

Ahora los dos nos hemos ido del instituto donde adquirimos mucha experiencia y aprendizaje valioso. Aprendí que nadie es indispensable en el trabajo, pero sí necesario. Dejamos un vacío que alguien más llenará. Valora a tus colegas.

Unos años después entendí la situación. Nunca debí decirle que no renunciara. Ya he pasado por ese cansancio mental que él sentía, en ese momento que decides brincar del barco debes brincar, es el momento que indica tu instinto, tu corazón. Renovarte, salirte de tu zona de confort, tirar todo y volver a comenzar son situaciones que debemos normalizar. Algunas veces volver es una forma de llegar, no tengas miedo. Arriesgarte en la vida es lo mejor que puedes hacer, en ese trayecto podrás fracasar muchas veces. Los fracasos solo son un indicador de que lo estás intentando, estás en movimiento. Pienso que es mejor fracasar en el intento, que no hacer nada. Inténtalo, en algún momento la vida te sorprenderá.

---

[7] **Freelance:** Es una persona que cuenta con un trabajo independiente, es totalmente autónomo.

En tu camino como Godínez conocerás a ese *My Friend* especial. Solo recuerda que dentro de este medio laboral los amigos verdaderos se cuentan con los dedos de una mano. Yo solo tengo uno. Cuida tus palabras, no confundas a los que se hacen pasar por tus amigos.

My Friend, respeto y admiración, te mando un abrazo. ¡Gracias!

Dedicado: Aquiles Medellín

Capítulo 5.
Buen trabajo, Chico Maravilla

Hagas lo que hagas, tu trabajo nunca será aplaudido, nunca será suficiente, así que acostúmbrate.

Durante mi tiempo como Godín, me di cuenta de que, sin importar la actividad en la que te destaques y aportes ideas creativas para mejorar, nunca te darán el mérito, no lo reconocerán los jefes amargados. Solo tus seres queridos estarán allí para apoyarte, animarte y te alentarán a no abandonar tu empleo por la falta de valoración. No estoy diciendo que no debas hacer bien tus tareas asignadas o dejar de aportar ideas, al contrario, debes aprender algo importante: tu trabajo siempre hablará por ti. ¡Trabajo mata grilla![8]

Cuando *My Friend* dejó su puesto, pensé que yo sería ascendido. Con solo veinticuatro años de edad, podría convertirme en gerente o coordinador. No estaba seguro del cargo exacto, pero sabía con certeza que seguiría avanzando gracias a mis resultados laborales. Pasaron

---

[8] **Grilla:** Son reuniones en donde hablan mal de la gente y buscan estrategias para eliminarlos del mapa.

semanas y nada sucedía. Después sucede lo inesperado: llega un nuevo jefe. No fui considerado para ascender, mi nombre no estuvo en la mesa. Quiero pensar que fue debido a mi edad, tal vez las personas encargadas de tomar decisiones no confiaban en alguien tan joven como yo. Quedé decepcionado, ya que todo mi esfuerzo y sacrificio parecían haber sido ignorados por completo. Estaba preparado para el puesto y nada. Fue un golpe duro de asimilarlo. Pensaba positivo, «tarde o temprano llegará mi momento», si no llegaba al menos tenía la tranquilidad de que no me despedirían debido a que era un buen trabajador —que ser buen trabajador no garantiza nada en el mundo Godínez—.

Al pasar unos meses, me contactan para hacerme una oferta de trabajo. Sabían los resultados que tenía en la institución y mi perfil les llamó la atención, pero ahora la oferta era ser Jefe de jefes en un departamento, con un perfil similar, pero ahora con nuevas responsabilidades y grandes retos. Acepté el puesto, subí de nivel como Godín. Les conté a mis compañeros, hablé con el jefe directo, le dije que tenía una nueva oferta de empleo y debía renunciar a mi puesto actual. Curiosamente comenzaron las lágrimas y los buenos comentarios sobre mi desempeño, según ellos tenían grandes proyectos para mí. Ahora que me iba todos me apreciaban. ¡Qué ironía!

Comencé la travesía en mi nuevo empleo, acepté el reto de ser jefe de un departamento. El recibimiento no fue del todo mal, solo mencionaban que el puesto que tomaría era un gran reto, decían que la persona que me entregaría el puesto era una persona excelente en su desempeño, tenía más de doce años en el cargo y se las sabía de todas, todas, al derecho y al revés. También mencionaban que las personas que habían aceptado el puesto no duraban y tenían que volver a poner al jefe que siempre estuvo en el puesto por la dificultad del cargo. Más que desanimarme o darme miedo, lo tome como un gran reto, me motivó. Entre la incertidumbre, la emoción, la felicidad y la tristeza de abandonar mi ciudad, mis amigos, mis rutinas e iniciar todo de nuevo, sentía tantas cosas que lo único que pensaba era en no meter la pata. En la primera reunión con la directora, nos dijo claramente que estaríamos a prueba durante tres meses; aquellos que no pudieran cumplir con las expectativas serían despedidos. Todos me miraban a mí con cara de que era un bebé y no pasaría la prueba.

Al entrar en funciones, me di cuenta de que nunca antes había tenido a tantas personas bajo mi responsabilidad. Pasé de trabajar con diez personas a coordinar y operar ocho centros culturales con alrededor de ochenta empleados, aproximadamente.

Era un gran desafío para alguien tan joven, pero decidí enfrentarlo. Durante esos tres meses, ganando un buen salario y teniendo un buen puesto de trabajo, caí en una depresión. Tal vez era demasiada carga para una persona tan joven. Entraba al trabajo a las 8:00 a. m. y salía a las 10:00 p. m. Estaba consciente de que ese puesto demandaba tiempo y esfuerzo, dos cosas a las cuales estaba dispuesto a entregarme por completo para pasar la prueba. Al finalizar los tres meses, presentamos nuestros resultados a la directora del instituto, mi departamento obtuvo los mejores resultados. Éramos el número uno en todos los sentidos, con decirles que la directora comenzó a llamarme «El Chico Maravilla». Aunque este apodo me incomodaba un poco, fue así como se referían a mí después del período de prueba. Me quedé en funciones, todos los colaboradores se acercaban a mí y en vez de felicitarme, solo decían: «Pensamos que no lo ibas a lograr». ¡Pues gracias!

Superada la prueba inicial, me enfoqué en las lecciones aprendidas en mi trabajo anterior, planifiqué una estrategia anual, proporcioné a mi equipo una guía de trabajo, realicé reuniones para mejorar funciones en el departamento, hablaba con mis compañeros para ayudarlos y gestioné recursos para infraestructura. Me atreví a cambiar cosas que no habían sido modificadas durante años, supongo que por usos y costumbres. Llegó el momento de enviar nuestro primer informe, mi departamento obtuvo los mejores resultados otra vez. Me atrevo confesar que redactaba todo lo de la directora más mi trabajo, más apoyar a mi equipo, más problemas que resolver, más todo un mundo de cosas, más que nunca había dinero, más, más, más, era como si yo fuera el pilar del instituto, era muy desgastante, solo debo confesar que movía a la directora como si fuera un títere, eso era algo divertido.

Pasa el primer informe de gobierno que presentó el Jefe de jefes por su cargo de alcalde, nuestra institución obtuvo su reconocimiento. A pesar de los buenos comentarios, dejaron de llamarme «El Chico Maravilla», al ya no llamarme así hubo cambios de comportamiento a mi persona. Lentamente me aplicaron la Ley del Hielo; ahora el trato era con frialdad, la comunicación se redujo drásticamente y me metieron al congelador[9]. (Entrar al congelador es un término que en México se utiliza en las oficinas para, poco a poco, quitarle poder a alguien o simplemente cansarlo para que renuncie o crear una historia de su incompetencia para despedirlo).

Ahora que ya no tenía apoyo y el trato era frío, me preguntaba por qué me estaba pasando eso. Las cosas las hacía de la mejor manera, entonces ¿qué pasaba? Hablé sobre esta situación con mis seres queridos: mi mamá, mi hermano, *my friend*, etcétera, todos llegaron a la misma conclusión: la directora sentía envidia y ahora me veía como un rival. En ese momento no podía creerlo, ¿cómo podría ser yo su rival si mi chamba era hacer bien las cosas para que ella se viera bien y destacara ante otros directores? Por ende, yo me vería bien, así de sencillo. Pero la cosa no acabó, todo empeoró aún más.

Ella estuvo complicándome la vida laboral, estaba poniéndome trabas, me orilló a tomar una decisión y solo tenía dos opciones al parecer:

A) La primera era dejar que arruinara todo mi trabajo hasta que tuvieran motivos suficientes para despedirme.

B) La segunda era hacer mi trabajo sin su ayuda y no darles motivos para que me despidiera. Haría las cosas con independencia, me iba a ir por la libre —en

---

[9] **Congelador o congelar a alguien:** Es cuando tu jefe deja de tener contacto contigo, ya no te ayuda y busca quitarte poder o simplemente cansarte para que renuncies o el crear una historia de que no trabajas para despedirte.

otras palabras, que pasara lo que tuviera que pasar. Declaración de guerra—.

En el próximo capítulo les contaré lo que sucedió. Solo quiero decirles algo: anímate, date una palmadita en la espalda cada vez que hagas un buen trabajo. Tú eres el único que debe motivarse a ser mejor, felicítate a ti mismo, ve a festejar tus logros con algunos amigos. Sé un Godínez que hace un buen trabajo.

Nadie premiará tu trabajo, nadie premiará tus logros, solo tú, recuerda.

¡El trabajo mata grilla! ¡A TRABAJAR!

Capítulo 6.
Estás en problemas

Si les gusta el chisme, este es el capítulo ideal para ir por pan y café.

En algún momento de tu vida de Godínez, llegará el punto en el que debes mostrar los colmillos para que nadie te pisotee. Me encontraba en una encrucijada con dos opciones aparentes: permitir que arruinaran mi trabajo hasta tener motivos para despedirme o hacer mi trabajo sin su ayuda y no darles razones para correrme. Elegí la segunda opción. Recuerdo haber llamado a mi mamá con una gran frustración, el coraje me había ganado y solo dije: «Mamá, no sé qué estoy haciendo mal, pero seguiré adelante sin importar lo que pase, que tope donde tenga que topar». Esto significaba que haría mi trabajo de la mejor manera posible, ahora me esforzaría el triple, aunque a la directora Ana no le gustara o se enojara por mis decisiones. Ella me aplicó la Ley del Hielo[10], claramente no me dejaría, yo era el líder de todo un equipo, no podían verme débil, no

---

[10] **Ley del Hielo:** Es la misma definición de cuando te congelan. En este caso te aplican la Ley cuando tu jefe deja de tener contacto contigo, ya no te ayuda y busca quitarte poder o simplemente cansarte para que renuncies o el crear una historia de que no trabajas para despedirte.

podría desprotegerlos. Era un momento como las peleas entre padre y madre, los hijos no deben darse cuenta, solo sienten una sensación rara en casa.

Pues así fue, le di con todo y a tope a pesar de llevar casi dos meses sin que la directora me dirigiera la palabra. Opté por hacer mejores proyectos, por ende, los resultados del trabajo hacían que destacara y en los eventos oficiales me tomaban la foto, con o sin la directora. A pesar de eso, seguía con los protocolos de invitación a los eventos, le informaba sobre cada proyecto, cada novedad. Me ignoraba. Realizaba mi trabajo sin tomar nada personalmente, tuve que relacionarme directamente con otras direcciones para mejorar resultados. La jefa Ana seguía en contacto cero. ¡Qué absurdo!

El congelador calaba, pero con buenos abrigos ni se siente. Un día hice una maniobra que causó un gran problema con el coordinador administrativo Gerardo, que la verdad no era para tanto. Estaban reacomodando a los compañeros en nuevos espacios de trabajo, yo solicité que mi equipo se quedara en la misma área que estaban, una oficina a un lado de la mía. Aquí el detalle es que había rumores de una amante que tenía el señor Gerardo; ella quería ese lugar, esa fue la gota que derramó el vaso. El administrador se quejó de mí con la directora, esta me llamó a su oficina, me explicó la gravedad de la situación e intentó culparme por ello, pero como bien aprendí en la licenciatura en derecho, era parcialmente cierto el hecho que se me indicaba, no en su totalidad. Le respondí con la verdad de los hechos y para finalizar le dije que el señor

Gerardo estaba creando un problema inexistente y no relevante. No le gustó a Ana que le respondiera, aparte solo estaba buscando algo para gritarme, se dio la encabronada de su vida. Para su defensa, se metió en cosas personales que había hecho fuera del trabajo, como el hecho de que mantenía una relación amorosa con una compañera, mencionó que sabía las amistades que tenía en el medio Godínez… bueno, me dijo de todo, hasta casi casi me dice que estaba enojada porque traía el calcetín roto del dedo gordo. Al sentirme atacado por temas íntimos, que no tenían nada que ver con el ámbito laboral, le pedí amablemente que no se metiera en esos asuntos personales ni en lo que ocurría después de mi horario laboral. No eran temas suyos. Esa directora tenía rasgos orientales, con todo respeto a los orientales, pero le quedaron los ojos redondos. Antes de concluir con esa charla, su última frase fue: «No te tengo miedo». Para mí era absurdo ya que el problema fue tema doméstico, nada oficial. En fin, en ese momento me di cuenta de que tenía que seguir trabajando sin su apoyo y ahora sin el del administrador; no podía esperar a que cambiaran de opinión, el *show* debía continuar. Pensé que eventualmente superarían su enojo, no podrían hacerme nada debido a mis resultados laborales, a la jefa le convenía tenerme, hacía todo su trabajo, se aprovechaba de mí y yo seguía sus indicaciones.

Sin embargo, les doy la mala noticia de que dos semanas después de esa conversación donde me dijo «No te tengo miedo» fui citado al departamento de Recursos Humanos donde me entregaron una carta informándome sobre mi retiro del cargo por pérdida de confianza. Estaba sorprendido, pero no por el hecho de ser retirado del cargo, sino por las razones detrás del retiro. Obviamente, Ana no entendía el significado real del término «pérdida de confianza». Supongo que en su mente pensó: «Ya no confío en él, siento que miente cuando dice dónde está», pero, en realidad, este término es muy delicado y puede interpretarse como si hubiera desviado recursos o revelado información clasificada. Imagínate que hubiera permitido eso y firmara, terminaría con mi carrera de Godínez, porque queda en tu historial.

Como abogado laboralista, dialogué con la persona encargada de Recursos Humanos, le presenté otra estrategia, renunciaría voluntariamente. Estaba sorprendido de lo sucedido, no podía creerlo, estaba muy enojado, estaba triste, sentí una injusticia, estaba decepcionado del medio Godínez. Esta experiencia me motivó a seguir escribiendo este libro.

Me sentía destrozado, pero decidí tomar las cosas de la mejor manera posible.

Un día antes de que me hicieran renunciar —ese es el término correcto de lo sucedido—, entré a la oficina de Ana y la abordé. Le pedí unos minutos para hablar de temas laborales, le mencioné que no quería que fuera mi amiga, solo que fuera mi compañera de trabajo, debíamos mejorar nuestra comunicación por motivos institucionales. De paso, le pedí disculpas si en algún momento hice algo que la lastimara o la ofendiera —que, pensándolo bien, me arrepiento de ese momento, pero eso no me quitaba lo valiente—. Con soberbia aceptó mi disculpa y me advirtió que debía aprender mi lección. Hoy agradezco lo sucedido, porque bien dicen que Dios sabe lo que hace, queda disculpada la directora, no perdonada.

Al día siguiente, cuando fui obligado a renunciar, estaba molesto conmigo mismo porque nunca debí haberle pedido disculpas. Me di la vuelta y me clavó la espada, no había hecho nada malo, solo trabajar duro, pero entendí que siempre triunfa el amor, felicidades Gerardo. Fue la complicidad entre la directora Ana, el administrador enamorado y su amante contra mí —tres contra uno—. Hoy en día creo que fue lo mejor que pude hacer, ya que ahora me siento completamente pleno y feliz con mis resultados, satisfecho por todo lo que logré dentro de esa institución, sin cola que me pisen, limpio totalmente. Ningún tema negativo podría achacarme, salí por la puerta grande con la cabeza en alto y decepcionado en ese momento. Luego entendí que todo pasa por algo. Ahora creo que fui maduro, intenté dialogar con una pared. Tenía razón en lo que dijo la directora, me tocaría aprender de esta situación.

Aprendí muchas cosas durante este proceso: hay personas que no están preparadas para ser jefes, aprendí que los resultados Godínez a veces no importan, aprendí que una guerra también se gana retirándose, aprendí mucho y estoy en paz conmigo mismo porque hice lo correcto. Dejé una huella, mi equipo de trabajo me agradeció por lo que hice por ellos, me extrañan, ahora en donde me paro y me ven las personas de ese círculo me saludan con respeto, no hay mejor cosa que eso.

> *«La esclavitud es natural, dado que algunas personas son líderes natos y otros son subordinados».*
> Aristóteles

Capítulo 7.
Lambe botas[11]

En el mundo del Godinismo existen personalidades de supervivencia. Estoy seguro de que en tu trabajo hay alguien que siempre busca quedar bien con el jefe; le echa flores, le pone alfombra roja por donde pasa, son como garrapatas, se agarran y no se sueltan. En la historia anterior no mencioné sobre este tipo de personas, pero fueron parte de meterme en problemas. Debo hablarles de los lambe botas, porque mientras más lejos estén de ti, mejor. Este tipo de personas son peligrosas, siempre tratan de quedar bien con el Jefe de jefes, sin importarles tu bienestar ni el de nadie, solo piensan en ellos. Supongo que es una forma de sobrevivir y quiero creer que no se dan cuenta.

Cuando ocupaba el cargo como jefe del departamento, los coordinadores dependían de mi jefatura, yo era el jefe directo, pues Rubén me salió lambe botas, pero no conmigo, sino con el Jefe de jefes.

La jerarquía era la siguiente: en lo más alto el Jefe de jefes, como subordinado seguía el jefe de departamento, que era yo, y después seguían los coordinadores. Entonces la jerarquía era: director, jefe de departamento y coordi-

---

[11] **Lambebotas:** Es una persona que quiere siempre quedar bien con el jefe para obtener algo.

nación. El coordinador no tenía nada que ver con temas de la dirección, pero al parecer no le importaba; comenzó a decirle jefa a la directora, la halagaba constantemente sobre su forma de vestir, incluso le hacia los mandados personales. Fue evolucionando su lambebotismo, le llevaba comida al trabajo, llegó al punto en el que se convirtió en su chofer personal e ignoraba por completo mi autoridad como su jefe directo. Tal vez estaban enamorados y yo diciéndole lambe botas, pero ese no es el caso.

Cada que Rubén llegaba a la oficina no me saludaba, entraba directamente a la oficina de dirección y hablaba de temas laborales que hacía en sus funciones, cuando me debía informar a mí. Un día tuve que citarlo en mi oficina porque me enteré de proyectos que estaba haciendo y yo no contaba con la información, entonces estaba quedando mal cuando me pedían ciertos datos y no contaba con ellos. Llegó a mi oficina y tuve que explicarle que existen las jerarquías, que antes de cualquier cosa debía notificarme para contar con la información correcta y lograr comunicarlo, pero todo lo que le dije lo olvidó a los días. Este lambe botas comenzó a hablarle mal de mí a la directora, inventó mil cosas para perjudicarme. Les puedo decir que todos los problemas que se originaron en su área de trabajo fueron por no acatar mis indicaciones. No eran berrinches, era porque sabía las necesidades del lugar que coordinaba, pero me ignoraba.

Los colaboradores que estaban bajo el cargo del coordinador comenzaron a pedir vacaciones cuando querían, llegaban cuando querían o simplemente no iban a trabajar, no había ley alguna en el centro a su cargo. Un día tuve que levantarle un acta administrativa a una colaboradora, porque la muy mona se fue de vacaciones sin aviso previo. Llego un día al centro y le pregunto a Rubén dónde estaba tal persona. Quitado de la pena me dice que estaba en Puerto Vallarta, mi respuesta fue «¿Dónde está la solicitud de vacaciones?» Me responde «Yo las autoricé porque le debía días de descanso». Me quería morir. ¿Por qué le debía, según esto, días de descanso? Les juro que en ese lugar no hacían nada productivo, no tenían actividades, siempre estaba solo el centro, entonces no entendía. Procedí a levantarle un acta administrativa a la vacacionista por no realizar el procedimiento administrativo correspondiente, esto con el fin de proteger al coordinador, al director y a mi persona por temas de sindicatura.

Llego a mi oficina después de haber levantado esa acta, me llaman de Dirección y me pregunta la jefa: «¿Que levantaste un acta administrativa?» Respondí que sí, que ante una falta existía un procedimiento administrativo para justificar el suceso. La respuesta de la directora fue la siguiente: «Te pediré, por favor, que no te metas en los asuntos de ese centro. Rubén y yo nos haremos cargo de administrar y operar. Haz de cuenta que no existe ese lugar para ti».

¿Qué puedo decirles?, órdenes son órdenes y como siempre hago caso, así fue. Pasaron dos meses para que se metieran en un problema. En cursos de verano hubo un accidente: Rubén puso una tiendita en donde vendían alimentos, con la colaboradora que casualmente era la que andaba en Puerto Vallarta, un menor de edad pidió un alimento caliente, al parecer lo calentaron de más y el menor se quemó las manos. Respecto al negocio que hicieron, no sabía la directora ni su servidor, a nadie le notificaron de esa mala idea. Para resumir la historia, el coordinador me pidió ayuda. Lo único que pude hacer fue levantarle un acta administrativa a él y a la colaboradora para protegerme de cualquier situación. A pesar de que me pidió ayuda para resolver el problema en que se metió con los padres de familia, solo pude intervenir parcialmente protegiéndome. Le dije que no podía ayudarle mucho, ya que la indicación era no meterme en asuntos del centro que dirigía Rubén. La directora en esa situación me pidió resolver el problema, por tratarse de un menor de edad era una situación delicada. En ese momento mi jefa aprendió la lección; darle poder a una persona que no cuenta con las facultades puede ocasionarte problemas. Esta persona hizo tantas cosas contra mi persona que me sorprendía. Hablaba mal de mí, intentaba hacer cosas que me hicieran ver mal, buscaba cómo desprestigiarme. No soy quién para juzgarlo, pero su estrategia le permitió obtener una base como sindicalizado a pesar de que las leyes sindicales establecen claramente que un coordinador no puede obtener una plaza sindicalizada, debe tener una categoría inferior. Sin embargo, en el mundo del Godinismo todo es posible si quieren los de arriba. Este fue uno de los que sobrevivió de esa manera.

Otro lambe botas nació en una borrachera. La directora cumpliría años, decidió festejarse, así que invitó a los colaboradores. Llegamos e institucionalmente comenzó todo tranquilo, comenzaron las cervezas y más cervezas, luego sale el tequila, luego el karaoke, luego más tequila, hasta que empezaron a hablar mal de los colaboradores. Llegó el momento en que un compañero le hizo grilla al asistente de la directora, yo decidí retirarme. Fue un viernes. Al llegar a la oficina el día lunes, la directora había sustituido a su asistente y designó a Fernando como el nuevo. Así es, en una borrachera, sin ninguna previa consideración profesional, tomó la decisión.

El punto es que este nuevo asistente comenzó a adoptar actitudes similares que Rubén, anteriormente mencionado. Ya manejaba el auto de la directora, le hacía mandados personales, pero lo nuevo fue cuando la directora le comenzaba a dar cátedras, le explicaba cómo resolver problemas de todo tipo, sentimentales, laborales, familiares, de todo, el nuevo asistente le hacía caso a todo. El joven pupilo se sentía empoderado y según él nos daba instrucciones, aunque no tuviera ningún cargo oficial, se creía jefe.

Se puso buena la historia cuando la directora nos dio la orden de seguir las instrucciones del asistente, aquí comenzó el *rock and roll*. Se creó un desorden en la oficina. La jefa decía algo, Fernando decía otras, bueno, hubo choques de actividades, repetían cosas, era un caos. Yo, como no tengo filtro en la cabeza ni en la boca, tenía que poner altos, porque no quería que mi equipo se viera afectado por las indecisiones de estos dos. El asistente se creía director, le comencé a caer mal y él, como buen lambe botas, hablaba mal de mí a la oreja de la directora. Le metió ideas en su cabeza de que yo era un flojo, que no hacía caso y que mi imagen era contraproducente para la institución. Logró su cometido, en la historia que les conté que me despidieron —bueno, que me hicieron renunciar— sorprendentemente ese mismo día nombraron al asistente de la directora como jefe de mi departamento, es decir, le dieron mi puesto a Fernando, al lambe botas. En realidad, lo felicito, yo tuve que ganarme el puesto por mi trayectoria, él simplemente por hacer sentir bien a la directora. Si hablamos de perfiles, él estuvo a cargo de los inventarios y sin contar con licenciatura previa, sin experiencia en el medio, era el nuevo jefe del departamento de la ciudad. ¡Felicidades!

Fue una gran decepción encontrarme con este tipo de injusticias, donde los más preparados no ocupan los mejores puestos. Entonces, ¿quiénes están a cargo? La respuesta ya la sabemos: los lambe botas y los que tienen palanca. Ese no es mi estilo, yo al parecer en ese medio soy rebelde por seguir mis principios, trabajar, ayudar y servir. El día que grité una injusticia, la fuerza de la autoridad me hizo callar.

Todo mi equipo y externos me enviaron mensajes expresando la tristeza por mi salida. Eso me dejó un buen sabor de boca, porque significaba que mi trabajo hablaba por sí mismo, recuerda: «El trabajo mata grilla». Me gané el respeto de las personas dentro del medio, ellos aprobaban mi trabajo y lo calificaban positivamente. Creo que ese es el verdadero sentido del trabajo, hacerlo bien, hacerlo bajo principios y ganarse el respeto de los demás. Luego te saludarán con felicidad, con cariño, eso es oro. En este medio, la gente se acuerda de las buenas personas, los malos pasan sin pena, sin gloria. Pero en toda buena historia debe haber un villano.

«La mejor forma de tener aprobación es no necesitarla»
Hugh MacLeod

Capítulo 8.
Pasillo de tacones, tu primer amor

Ya hablamos de muchas cosas desagradables, así que cambiemos el tema al amor, lo que nos mantiene con vida.

El Godinismo tiene su propio sonido y olor. El aroma del café por la mañana en la oficina es peculiar, si hay diez oficinas, las diez tienen una cafetera. Uno de los puestos que debería ser de los más importantes es el que pone el café por la mañana, imagínate, sería el responsable de despertar a todos los empleados. El protocolo de un buen Godínez al llegar al trabajo es el siguiente: pasa directo a checar su entrada, se dirige a su espacio de trabajo a acomodarse, se instala, revisa la cafetera y se da cuenta que tiene el filtro con café del día de ayer, va a lavar el recipiente, llena la cafetera con agua, saca el café Folgers del archivero, pone el café, enciende la cafetera e inicia la mañana. Así son todos los días en una oficina, el sonido de la cafetera anunciando otro amanecer lleno de pendientes urgentes. Una vez que está listo el café, empiezan a merodear los ladrones en busca de cafeína, salen a robar un poco de esa sustancia mágica, contado con una nueva variante en el protocolo del Godínez. Ahora toma su taza, se sirve café, busca pan o galletas como un buen roedor y, por último, la cereza del pastel: busca con quien echar chisme durante una hora y media. Una vez concluido este proceso, cada Godín regresa a su oficina a instalarse de nueva cuenta, iniciando con las actividades solicitadas por los jefes o solo a hacerse güeyes[12]. La mañana en una oficina es toda una ceremonia.

El café es uno de los sonidos principales en una oficina. Otro de los sonidos peculiares son los tacones pasar por los pasillos, indicando que ha iniciado la pasarela; vestidos de todos colores, perfumes ácidos y frescos, maquillajes al extremo o al natural, peinados locos y algunas despeinadas, sonrisas verdaderas y otras sonrisas fingidas, todas a prisas por llegar al destino. Son peculiares los sonidos que se aprecian. Una vez en la hora del café con pan, chismeaba con un compañero, a lo lejos se escuchaban unos tacones acercándose, el paso era firme, a un ritmo lento. Mi compañero dice: «Es la licenciada Ramírez». Comienzo a reírme contestando que no le creía. Pasa la señorita y sí era la licenciada Ramírez que mi compañero mencionó. Debido a mi inexperiencia en el mundo del Godinismo no podía apreciar esos sonidos y eso que el músico era yo, pero él tenía el oído de Godínez más agudo para distinguir. Para rematar mi compañero dice: «Está buenísima».

En ese momento comencé a prestar más atención a los sonidos de los tacones. Entendí que es cierto, existen diferentes sonoridades de tacones, como las notas del piano, las variantes son diversas. Existen tacones con sonoridad aguda y con ritmo rápido que van *in crescendo*, esto anuncia que van tarde a la audiencia o por el niño

---

[12] **Güeyes:** Personas que hacen como que hacen, pero no hacen nada.

a la escuela. También hay sonidos que son graves con un ritmo lento, con un poco de *ritardando*, que indica que llegaron a tiempo al trabajo, pero no tienen muchas ganas de estar ahí. Se pueden apreciar sonidos en dinámica *forte* con un *tempo adagio* majestuoso inclinándose más a un *andante*, esto indica que viene alguien con seguridad y decisión a lograr el éxito. Incluso hay tacones que simplemente no suenan. Tal vez piensas que estoy loco, pero la sinfonía de los tacones es real. Dependiendo el sonido del tacón, puedes distinguir si es una persona bella o no, aprendes si voltear a ver quién es o no. Cuando agudices ese don, sabrás cuando es momento de voltear y cuando no.

Entre pasarelas y saludos conocí mi primer amor de oficina. Todo inició siendo un amor platónico, todo Godín tiene su amor platónico en algún momento de su vida laboral —ahora los jóvenes le llaman *crush*—. Ella trabajaba en otro departamento, no teníamos contacto directo, rara vez nos cruzábamos por los pasillos, le sonreía y saludaba amablemente con el fin de coquetearle. En mi cabeza imaginaba la boda frente al mar, un perrito chihuahua en casa y llevando a los hijos a la escuela por la mañana, toda una vida con ella. Una mujer alta, hombros estrechos, caderas pronunciadas, hermosos pechos, piel blanca, grandes ojos verdes, labios rojos, tenía todos los cánones de belleza que me gustaban. También era trabajadora, penosa, un poco insegura de sus capacidades y muy inteligente. En fin, en mi cabeza era mía. Por razones de trabajo y el destino, tuvimos algunos proyectos en conjunto, estuvimos frecuentándonos. No podía creerlo, hablar con ella era un logro. Me emocionaba hablar con ella, el tiempo pasaba tan rápido a su lado que hasta me molestaba terminar las tareas de trabajo.

La situación en el instituto no andaba del todo bien. A algunos compañeros los corrieron o renunciaron, lo que significaba que me quedaba poco a poco sin amigos para ir a comer. Un día, nervioso, se me ocurrió invitarla a almorzar a la hora de comida. Ella aceptó. Cada uno llevaba su propia comida en su *tupper*. Después de esa invitación, frecuentamos comer juntos, no diario, pero sí muy seguido. Nos desahogábamos, en cierta forma a ella no la valoraban ni le daban su lugar, eso sí me constaba. Tenía muchas capacidades y no le daban oportunidades. No lo digo porque me gustaba, es real. A mí me pasaba algo similar, así que nos entendíamos, conectábamos en un mismo tema y la conclusión era renunciar. Ella con sus proyectos y yo con los míos. Me entendía y yo la entienda, me apoyaba a renunciar y yo a ella, solo le rogaba a Dios que me hiciera la buena, que me diera la oportunidad de estar con ella. Es aquí cuando la magia sucedió, —sucedió que me di cuenta que te encanta el chisme, así que eres un buen Godínez. Volvamos a la historia—.

Lo que sucedió es que un día a la hora de la comida sentí esa conexión, eso que sientes cuando dos miradas se miran fijamente y un rayo imaginario atraviesa por los ojos conectando ambos cerebros. Eso sentí, entonces me acerqué a ella, le di un beso, lo recibió. Sentí esa energía que corre por todo el cuerpo, la abracé y me abrazó. Después solamente nos separamos. Esa fue la mejor comida que he tenido, un beso sabor a espagueti con un poco de pollo y verduras.

Ese beso, fue el día más feliz de mi vida. Comenzamos a frecuentarnos más seguido, ahora fuera de la oficina, sentí eso que se siente cuando te enamoras, esas mariposas en el estómago, las mañanas son pura alegría, cada canción de amor te queda, tienes un brillo en la sonrisa. Fue uno de esos momentos en los cuales sientes la esperanza de un «tal vez sí sucederá algo amoroso entre los dos». Me emocioné, me puse loco, andaba buscando anillos de compromiso, estaba buscando a dónde iba a llevarla a vivir, pero no duró mucho tiempo mi esperanza. Supongo que ella se dio cuenta de mi emoción, estaba decidido, obviamente correspondía, solo que en esta vida no. Un día ella me invitó a comer, mencionó que era en un área al aire libre, pensé que había hecho un picnic, hacía un poco de calor. Estábamos comiendo, charlábamos sobre trabajo, de las actividades del fin de semana y otros temas cotidianos cuando, de repente, se me quedó mirando fijamente, se quedó en silencio, se acercó a mí lentamente y puso su boca a lado de mi oreja. Yo solo cerré los ojos y levanté los labios esperando el beso. Me dice: «Oye, quiero dejar algo claro porque estoy estresada; entre tú y yo no puede haber nada más allá de lo laboral, tengo novio y lo que ha sucedido fue un error».

Cuando escuché eso, sentí como si me hubieran arrojado un balde de agua fría, me quedé congelado y sonriendo le dije: «No te preocupes, entiendo perfectamente. Todo bien». Mi corazón quedó destrozado en ese momento.

A partir de ese día, cancelé la boda en la playa, regresé al perro chihuahua que había comprado y tuve que cancelar la inscripción de los niños en la guardería. Me alejé de ella, comenzamos a saludarnos de lejos. La veía y no podía creer, estaba seguro que ese beso fue real, ese beso fue todo y fue nada. Pienso que sus valores tradicionales no le permitieron arriesgarse, decidió quedarse con su novio al que conocía desde la primaria. Aunque realmente no lo sé, solo estoy tratando de consolarme.

Después de algún tiempo tuve la suerte de recibir una nueva oferta laboral Godínez, renuncié a mi trabajo. Para mi fortuna ya no tendría que verla más, le cumplí la promesa de renunciar a ese trabajo. Así que fui un buen amante de palabra, me dolió haber creído en algo que nunca pasaría. Al final fue una bella etapa porque fue mi primer amor Godínez.

Seguro tendrás tu primer amor Godínez, solo quiero recomendarte algunas cosas que he visto, para que tengas cuidado. He visto personas que entran casadas durante su administración y terminan divorciados al terminar, pero con nueva esposa, o casadas y casados teniendo relaciones amorosas con los compañeros de trabajo. También he visto casos exitosos, que gracias al Godinismo conocieron al amor de su vida. Como consejo, no te metas con personas casadas de la oficina. Hay muchos amores que puedes encontrar de oficina a oficina, pero si están casadas, por favor, no lo intentes. Recuerda que puedes destruir a una familia y destruir a tu propia familia. Mejor enfócate en el trabajo, si te interesa alguna persona que no tiene compromisos y te enamoras, dale a tu cuerpo alegría macarena, vivan su amor Godínez.

¡Que viva el amor! Pero, ¡no te metas con personas casadas!

Capítulo 9.
Cuidado con la silla

Si eres un Godínez en ascenso, ¡muchas felicidades! Solo presta mucha atención. Al ingresar al medio Godín, te darás cuenta de que será necesario crear alianzas, hacer relaciones públicas, tener un carácter político. Eso hará que algunas personas te apoyen en el camino, mientras otras intentarán derribarte, harán lo posible por que te vaya mal, te querrán desterrar del medio. Si haces las cosas bien o no, existe la posibilidad de que obtengas algún puesto con mayor jerarquía que traerá consigo mayores responsabilidades, serás un Godínez en ascenso. Si logras tener un cargo con poder que te dé cierto estatus en el medio, hay algunas cosas que no debes olvidar.

De oficina en oficina he conocido diferentes tipos de jefes, como lo relaté en el capítulo «Jefe de Jefes», sin embargo, hubo uno en particular que me sorprendió su repentino cambio de personalidad, se transformó. Este jefe me invitó a trabajar en un proyecto gubernamental. En este medio él nunca había trabajado, no tenía una experiencia como Godínez. Siempre anduvo de un lado a otro como docente, pero nunca había trabajado en el medio. Acepté apoyarlo, ya que en mi cabeza haríamos un buen equipo, él aportaría sus ideas y yo contribuiría a darle una forma administrativa a sus ideas, es decir, lo que pensaba lo haría realidad. Así fue el trato.

En cuanto nos hacen entrega de los cargos todo era risas y diversión. Le muestran el espacio donde estaría trabajando, estaba emocionado ya que nunca antes había tenido una oficina propia. Comenzamos a trabajar juntos, llegaban solicitudes oficiales que él no sabía cómo responder, así que me pedía ayuda y con gusto seguía sus indicaciones, respondía los oficios cuando era necesario. Toda respuesta que hacía de las peticiones le mandaba copia por correo electrónico al jefe para notificarlo, pero él no sabía utilizarlo —recuerda enviar todo por correo, son evidencias—. Cuando él tenía dudas en los procedimientos, siempre le explicaba el cómo y el porqué, aquí inició su cambio. Cada que me solicitaba apoyo en algo, siempre pero siempre, siempre, sin importar si tenía o no conocimiento sobre el tema, me hacía algún comentario despectivo de mi trabajo. Sus comentarios los dejaba pasar, no les daba importancia a menos que fuera una indicación directa.

Pasaron los meses, nos convoca a junta, al entrar a su oficina sentí una armonía incómoda, su estado de humor era nefasto y grosero. Me pude percatar que él ya no se sentaba de la misma manera en su silla. Ahora se inclinaba un poco hacia abajo de una manera retadora con una actitud desafiante. Inició la reunión, nos daba indicaciones, escuchábamos las actividades a realizar y al finalizar la reunión nos hizo un comentario extra: «Y, por favor, les pido que pongan mucha atención en lo que hacen, no quiero errores», con un tono soberbio. Sonreímos todos y nos retiramos —che mamón—.

Meses después nos vuelve a citar en su oficina. Ahora se sentaba con la cabeza muy pero muy en alto, iniciaban las indicaciones, ahora levantaba la voz, su tono era imponente. Parecía que no podíamos hacer comentarios constructivos sobre los temas, tenía la racha que en cada reunión nos decía «Cuando yo viajaba, lo hacía de esta manera, así que lo deben hacer así, de lo contrario si no dan el ancho, se van del equipo». Siempre trataba de demostrar que él tenía más experiencia, que él era un chingón y para finalizar nos amenazaba. La evolución de su comportamiento continuó empeorando. Transformó su manera de caminar, ahora con la cara levantada, soberbio, los hombros hacia arriba y siempre con lentes de sol. Ya no decía buenos días al llegar, entraba directo a su oficina y cerraba la puerta con ganas. Su personalidad no era la misma, las formas eran detestables. Para poder hablar con él, había que pedir cita previa, que esto lo entiendo, pero no entendía a él, porque estaba en su oficina encerrado todo el día viendo TikToks.

Las reuniones ya no eran indicaciones de trabajo, comenzaron a ser cátedras llenas de regaños. En resumidas cuentas, todo lo que hacíamos estaba mal, debíamos aprender de él. La soberbia estaba presente en cada una de sus palabras, las cosas continuaron empeorando, se comportaba como si fuera el presidente de la república. Tan así, que le decía a su asistente que debía poner el tiempo de traslado que hacía de un punto a otro y que le tuviera sus discursos escritos —que digamos que está bien, solo

| 63 |

que en el área que trabajamos no era necesario. No es conformismo, el enfoque que requeríamos era distinto que la del presidente de la república—. Llegó un punto que escucharlo se volvió tedioso, ahora hablar con él era escuchar cátedras de cómo se hacían las cosas, se aseguraba de hablar en voz alta para que todos lo escucharan. Claro, en esos momentos dejaba la puerta abierta de su oficina. Sus comentarios eran algo como: «Les deseo a todos los mismos éxitos que yo he tenido», «Si no hay más de cien personas, no asistiré», «Esta actividad es solo para gente como yo, que tenemos dinero para pagar». Escribir esto me revuelve el estómago, ya que antes nadie lo hacía en el planeta, era una persona que no conocían en la ciudad, no tenía una trayectoria de trabajo, solo era el amigo querido de la Jefa de Jefas, y ahora él se creía la reina Isabel.

En este caso, pienso que algunas cosas estaban correctas, pero la forma de transmitir era totalmente incorrecta. Creo que eso distingue a una persona de otra, la forma de comunicar. No es lo mismo que te digan: «Esta actividad está dirigida a un público que queremos alcanzar» a «Esta actividad es para gente como yo, que tenemos dinero para pagar». Creo que si vas a aconsejar a tu equipo, siempre hay que predicar con el ejemplo. Proponer y, lo más importante; escuchar, escuchar, escuchar. Hoy todo el mundo cree que tiene algo que decir y habla de más, considero que hoy más que nunca necesitamos a personas que sepan escuchar, esto hará comunicarte correctamente con tu equipo y lograrás entenderlos, solo te pido que nunca regañes o evidencies a tu equipo frente a los demás, un sabelotodo es peligroso.

Se dice: «Si quieres conocer realmente a una persona, dale poder» y «Si quieres saber de qué es capaz de hacer para lograr tener poder, quítale ese poder». Una silla, un puesto o un cargo no deben cambiar a tu persona. He conocido historias de Godínez que tuvieron poder en algún momento de su vida y la silla los trasformó completamente, haciendo cosas crueles. Hoy en día, nadie los recuerda. Terminan en el almacén olvidados o nadie les quiere dar trabajo. El humanismo, el respeto y la humildad son algunas herramientas que debes tener en tus manos. Para ser un buen líder, lo mejor que te puede pasar es que en dondequiera que te pares la gente te reconozca porque eres una buena persona. Aprende a escuchar, aprende todos los días, no seas un sabelotodo. ¡Cuidado con la silla!

> *«Creo que la sencillez puede ser una adecuada carta de triunfo».*
>
> BENEDETTI

Capítulo 10.
¿Amigos?

Como Godínez puedes escalar también en cargos políticos, es por eso que sí, lee este capítulo como si fuera una pregunta. Esta situación es cada vez más frecuente en el ámbito gubernamental con toques de política. En el sector empresarial, si obtienes resultados, tienes trabajo. Estuve un tiempo trabajando como servidor público, ocupando un cargo de responsabilidad. Fue uno de los puestos más agotadores que he tenido, el trabajo era desgastante, aunque te esfuerces y entregues todo, nunca es suficiente. Siempre hay más y más por hacer. Además, el presupuesto asignado para llevar a cabo las tareas no alcanzaba para nada y tenía que poner de mi bolsa. Lo positivo de estos trabajos es que debes aprender a hacer mucho con poco y eso desarrolla tu creatividad para desempeñarte en este tipo de roles. Siempre he creído que un político debe ser una persona totalmente creativa por los retos que debe enfrentar, no solo los artistas.

Cuando comencé mi labor, todo parecía ir bien, todos me saludaban con una sonrisa, me pedían ayuda, me buscaban mucho para pedirme favores y con gusto los apoyaba. Empecé a establecer relaciones y comencé a tener ¿amigos? En ese momento solía confiar demasiado en las personas y creía en su palabra, pero, después de un tiempo, aprendí que las reglas de ese juego no son así.

 Trabajé durante un año y medio en ese puesto, para mí lo fundamental eran los resultados, sin embargo, el jefe que tenía en ese momento comenzó a mostrar cierta envidia sin motivo aparente, yo simplemente ignoraba esos temas y seguía trabajando. Hubo un pequeño conflicto entre el patrón y yo —cuando digo pequeño, me refiero a algo pequeño—. Simplemente no estuve de acuerdo con una idea, hasta mi entender eso hace una democracia, pero no es el caso en este medio. El diminuto problema continuó en la cabeza de él, semanas después fui despedido de mi trabajo. Me removieron del cargo solo por no estar de acuerdo con una opinión del jefe.

 Por las relaciones públicas que había establecido en el medio, estaba seguro que todo estaría bien y que sería cuestión de tiempo para ser reinstalado. Llamé a mi ¿amigo?, pero todo comenzó a ponerse extraño. Pensé que era mi mejor amigo, solíamos dialogar, debatir, intercambiar ideas, chismear y crear proyectos en beneficio del trabajo. Estaba seguro que él me ayudaría, ya que su jerarquía y poder político estaba por arriba del jefe que me corrió. Le mandé un par de recados y no respondía ninguno, le llamaba por teléfono y nada, simplemente no obtuve ninguna respuesta por su parte. Nada de nada, ni una respuesta, pasaron unos días con la incertidumbre. Le mandé un mensaje explicándole la situación, solo responde «Estoy ocupado», solo eso. Él sabía la situación ya que se enteraba de todo lo que sucedía en el medio, con esa respuesta entendí su mensaje. Siguieron pasando los días, contacto a una ¿amiga? que también tenía cierto poder en el medio, muy amablemente me mandó por un tubo, eso me dejó tranquilo, al menos tuve una respuesta concreta.

Durante esos días seguía en el limbo, seguí recurriendo a los ¿amigos?, pero nadie respondía. Experimentaba una sensación extraña que nunca había tenido; un día estaba trabajando intensamente y al día siguiente no tenía nada que hacer. Fue un mal sabor de boca que me dejó un cargo político. Cuando estaba en funciones todo el mundo me hablaba, me llamaban para pedirme favores, me mandaban mensajes para colaborar en actividades. Al día siguiente que me retiran del cargo, por obra de magia, nadie, nadie me responde llamadas, nadie me pide favores, simplemente se hizo el silencio total. Los cargos públicos de poder son como la pelota de fútbol como se menciona en la película Rudo y Cursi: «Todos quieren con la pelota y la pelota quiere con todos». Si te quitan la pelota —es decir, el puesto—, ya no sirves en el juego, solo sirves si estás en la jugada. Fue un duro golpe, creo que me hizo madurar, entendí que la vida es hermosa e injusta. Otra anécdota que te contaré es cuando estaba en otra institución que me dedicaba a coordinar, estuve realizando actividades sin parar.

Un día un amigo me llama, me dice que está cerca de mi trabajo, me invita a un bar que estaba enfrente. Le respondo que sí, que dejara su carro en el estacionamiento de la institución y nos fuéramos caminando. Cuando llega, nos ponemos al día, caminando y platicando, estábamos en la esquina del semáforo. Me pregunta mi amigo

«¿Qué tanto has hecho en estos meses?» Le respondo que trabajar, que había estado muy ocupado en la chamba. Entonces él apunta con el dedo y me pregunta «¿Esas son tus oficinas?» Volteo hacia atrás después de haber cruzado la calle, respondo sí. Solo que fue un sí extraño, fue un sí con desconocimiento de que así se veían las oficinas por fuera. En ese momento reflexioné que tenía varios meses encerrado en un mundito. De mi casa al trabajo y del trabajo a mi casa, esa fue mi vida durante bastante tiempo, sin descanso. Estuve obsesionado y estaba entregando mi vida, mi tiempo. Dejé de frecuentar a mis verdaderas amistades, ya no nutria mi alma, me había olvidado de mí por estar trabajando. Ahora la pregunta es para qué. A nadie de ese lugar le importaba mi vida, ni mi tiempo, ni mi sentir. Tuve que renunciar, estaba consumiendo mi ser ese lugar. Ningún ¿amigo? me lo hizo ver, la vida está afuera, con la gente que sí te quiere, con tus seres queridos, con tus pasiones. Los que estaban adentro de esa institución solo querían beneficiarse de mi tiempo, para que ellos continuaran subiendo en su jerarquía, mientras yo entregaba mi vida solo por un pago seguro. Invertí tiempo en ¿amigos?, que no eran amigos.

Estas anécdotas me hicieron aprender y prometerme nunca volver a entregar mi alma a este tipo de trabajos. Son temporales, son pasajeros, disfrútalos y haz lo mejor que puedas a tus prioridades, también espero nunca tengas que experimentar el sentimiento de los que dicen ser tus amigos y a la hora de la hora desaparecen. Duele, cala, es un sentimiento decepcionante. Hoy me doy cuenta de que el Godinismo de servidor público mezclado con la política es complicado e injusto. En ese medio los amigos no existen, los Godínez políticos solo ven por ellos, no les importa servir. Te dan de carnada si eso les funciona para quitarse problemas. Esas personas pueden llegar a darte asco, es increíble lo que pueden hacer para beneficiarse a sí mismos. Esos ¿amigos? no tienen sensibilidad, no tienen valores, son salvajes. Ahora los encuentro en la calle y los saludo con honradez. Mi conciencia está tranquila, solo no puedo creer cómo ellos pueden seguir su vida como si no pasara nada, sin remordimiento, tal vez tienen un súper poder maquiavélico, que yo no tengo ni lo quisiera tener. Recuerda que la moneda más apreciada de todas es el tiempo, cuídalo y compártelo con tus seres queridos, compártelo contigo, los trabajos políticos son pasajeros. Te comparto un mensaje de un video que en algún momento vi de Pepe Mujica llamado *Valora tu tiempo de vida*:

«*El problema es que no cuestionas, ¿en qué gastas el tiempo de tu vida? ¿En qué gastas el milagro de haber nacido? Tal vez quieres pasar toda la vida pagando cuentas y comprando cosas, hasta ser un viejo destruido. Tú no compras con plata, compras con el tiempo de tu vida que gastaste para tener esa plata, pero el tiempo de la vida no se repone. La vida es una aventura, y si sigues así, no te quedará tiempo de tu vida para gastarlo en los afectos, que al final es lo único que te vas a llevar. El amor, tus amigos, tus relaciones precisan afecto, pero eso lleva tiempo*».

Les recomiendo leer el poema *De qué se ríe* del escritor Mario Benedetti.

Cuida tu tiempo, en la política ¡no existen los amigos!

Capítulo 11.
No te olvides

La vida, la vida, la vida... nunca se queda quieta, un día te tiene arriba, otro día te tiene abajo, otro te quiere y algunas veces te trata mal. La vida da muchas vueltas, pero vale la pena vivirla. Como en cualquier trabajo y en la vida, siempre hay algo que aprender de alguien más. Considero que una de las cosas más importantes es reconocer y agradecer cuando alguien te enseña. Darle su lugar y brindarle respeto. En esta historia eso no sucedió.

Durante mi crecimiento en este medio tuve la suerte de ser un jefe Godínez que contaba con bastante personal a mi cargo. Entre ellos estaban los coordinadores cercanos, a los que veía con mucho respeto y cariño. A todos los quería por igual, solo que unos eran mis preferidos y con otros batallaba, pero los quería y los apoyaba por igual. En ese momento la persona que era mi jefa directa se llamaba Gloria, me pidió que corriera a unos de mis coordinadores. Lo malo de esto es que era mi coordinador favorito, el que más trabajaba, traía propuestas de trabajo, era mi brazo fuerte. Cuando hablé con Gloria al respecto me argumentó que no le gustaba su forma de trabajar. Yo creo que le tenía envidia porque ambos tenían el mismo perfil. También me enteré entre pasillos que mi coordinador quería y solicitó el puesto de la jefa antes de que ella llegara, así que tenían historia.

Se conocían desde hace muchos años, no sé si había asuntos pendientes, pero la indicación fue esa. Aunque lo defendí con capa y espada, no pude salvarlo. A partir de que se tomó esa decisión fue cuando yo tuve un problema, ya que encontrar a alguien con el mismo perfil no era tan sencillo. Luego no me autorizaron presupuesto para contratar a alguien nuevo, en su lugar debía buscar a alguien de mi equipo y moverlo a ese puesto. Era complicado porque todos los coordinadores eran buenos en lo que hacían y estaban en lugares correctos, el puesto vacante no era opción para ellos. De todos los perfiles que había visto en el trabajo, solo Enrique contaba con los requisitos, así que le hablé a esa persona que pertenecía a otra área y estaba seguro que podría desempeñarse en ese cargo. Le conté del puesto que estaba libre, le dije todas las ventajas y oportunidades laborales del cargo. Lo convencí, aceptó la propuesta, había resuelto el problema.

Al día siguiente, tuve una reunión con Gloria para proponerle al nuevo coordinador, decirle que Enrique había aceptado la oferta. Mencioné el nombre, ella me detuvo diciendo: «Puedes elegir a quien quieras menos a él». Argumentó que esta persona pertenecía a otra área y su jefe Luis no permitiría su traslado, además, según ella, carecía de las capacidades necesarias para desempeñar el trabajo. Me quedé en *shock*, porque realmente no tenía a nadie más en mente. Hablé con el supuesto coordinador, le expliqué lo sucedido con Gloria, se puso un poco triste. Entonces para animarlo le planteo una estrategia que podíamos utilizar. Primero que él hablara con Luis, su jefe directo para explicarle la propuesta laboral como una oportunidad de crecimiento profesional e intentara obtener su liberación. Resulta que el señor Luis le negó esa posibilidad, argumentando necesitarlo en su área. Al escuchar eso, se me hizo mala onda de su jefe, ya que me dio la impresión de que no quería permitir que tuviera un crecimiento profesional.

Me tomé el tema personal, decidí entrarle al juego y con todo para respaldar al futuro coordinador. Fui a hablar con Luis, le expliqué un poco el contexto de la situación, como cereza del pastel cerré diciendo que era una oportunidad para impulsar el desarrollo del colaborador —que era cierto—. Lo único que obtuve como respuesta fue: «Consígueme a alguien más para reemplazarlo y te lo cambio». Puse manos a la obra e intenté encontrar a alguien más adecuado para intercambiar personal —aunque no me gusta utilizar esa palabra porque los seres humanos no son cosas intercambiables—, pero todas mis propuestas fueron rechazadas una tras otra. Un día la jefa Gloria me cita en su oficina, entro y me encuentro con Enrique, futuro coordinador, y Luis, su jefe. Me piden tomar asiento y con un tono agresivo Gloria me dice: «Ya te había dicho que no se podía hacer nada, no sigas causando problemas, no pondremos a él como coordinador».

En esa reunión se puso tensa la cosa porque con mi silencio Enrique y el señor Luis comenzaron a pelearse verbalmente, algo que fracturó la relación laboral entre ellos. El primer plan no había funcionado, el tema era personal, estaba dispuesto a resolver ese problema, quería ayudar al futuro coordinador. Estuve planeando la nueva estrategia, como siempre hay un jefe arriba de otro jefe, tuve que dar marcha al segundo plan.

Casualmente yo era conocido de un jefe con mucha jerarquía, le invité un café, le conté la situación que estaba pasando y le pedí su ayuda. La propuesta que estaba haciendo del futuro coordinador le parecía acertada, él creía también que tenía que ser esa persona. Por otro lado, Enrique era familiar del jefe de jefes, el que estaba arriba de todos, le pidió su ayuda, entonces teníamos a dos jefes de jefes apoyando la situación. A los días de llevar a cabo este nuevo plan, le dieron la indicación a Gloria de hacer los cambios correspondientes, en eso me dan la indicación para darle una oportunidad a Enrique —mi plan había funcionado—. Mi jefa directa solo dejó en claro que estaría a prueba por tres meses, si no pasaba la prueba, sería despedido —lo dijo medio enojada, me la tuve que brincar, ni modo—. Acepté las indicaciones, había ganado la batalla —aquí es cuando digo que en el Godinismo de Gobierno todo se puede—. Metí las manos al fuego, todo salió bien. Le di la sorpresa al nuevo coordinador, estaba feliz, habíamos ganado la batalla.

Pasaron aproximadamente seis meses en los cuales tuve algunas dificultades con el coordinador, tenía que estar detrás de él constantemente. Casi casi tenía que decirle qué hacer, cómo hacerlo y moverlo como títere. Le llamaba, no contestaba mis llamadas. Me evitaba porque sabía que le llamaría la atención por errores en su trabajo, mejor me sacaba la vuelta, creo que tal vez el cargo le daba ansiedad. Tenía que lidiar con su falta de compromiso, atendía mis llamadas solo cuando le convenía, eso sí, era un experto para posar en las fotos institucionales y en las redes sociales; creo que la corona le quedó grande, tal vez tenía la razón mi jefa, me equivoqué con esa decisión. No es por consolarme, pero todos podemos cometer errores en algún momento, somos humanos.

Un día me enteré a través de rumores que a Enrique le habían ofrecido un mejor puesto en otra área del Godinismo, supuse que me informaría cualquier cambio con anticipación, pero no fue así. Pasó una semana sin responder mis llamadas, no estaba atento y no iba al trabajo. Digamos que aventó todo por la ventana sin avisar, comencé a preocuparme. Después de esa semana, Gloria me llamó y me dijo: «¿Ya sabes que tu coordinador se va a tal lugar?». Me alegré y le pregunté cómo se enteró, ella simplemente respondió: «Enrique me lo dijo, me llamó para notificarme». Después de escuchar eso, sentí una traición, pensé que yo sería el primero en enterarme debido a la confianza y apoyo que le había brindado, pero no fue así. Cuando finalmente respondió mi llamada, solo mencionó brevemente que dejaría el puesto y se presentaría al día siguiente en su nuevo trabajo. Se me enchinó la piel del enojo por su valemadrismo. Un poco molesto, le dije que antes de irse debíamos realizar los procedimientos adecuados para la entrega de su cargo, necesitaba un estatus de su coordinación para darle seguimiento. Él simplemente respondió que lo haría cuando tuviera chance por su nuevo trabajo. En pocas palabras, me dejó tirado el changarro.

Superé el acontecimiento y acepté el reto, la vida dio vueltas, ahora llegaba una nueva oportunidad a mi puerta. Esto me llevó nuevamente a trabajar cerca de la oficina del antiguo coordinador Enrique, diferente jurisdicción, pero compartíamos espacios en las oficinas.

Un día decidí entrar a su oficina para pedirle ayuda con un espacio que estaba bajo su resguardo, sin embargo, cuando fui a pedirle su apoyo, no me recibió, me pidió retirarme si no tenía previa cita. Después, comencé a enviarle mensajes porque necesitaba el favor. Lo llamaba y tampoco respondía, simplemente me evitaba o se hacía el ocupado. Una de las estrategias que utilicé es que cuando necesitaba resolver algo urgente, tenía que decirle a mi jefe, que era el director, él directamente le llamaba a Enrique y por obra de magia se resolvía. A él sí le respondía y se ponía a disposición.

Fue decepcionante ver cómo olvidó todo lo que había hecho por él. Metí las manos al fuego por él, tuve que enfrentar ciertas batallas con otras personas para defenderlo durante todo el tiempo en que laboró, lo ayudé constantemente para evitar que su trabajo se estancara y mantener la armonía, le enseñé todos los procedimientos administrativos con mucha paciencia. Al final me decepcionó profundamente, no entiendo cómo pudo olvidarse de alguien que lo ayudó y le dio la oportunidad; gracias a eso logró ascender en el medio.

Sé agradecido con la vida. Sé agradecido con las personas. Las personas que te han ayudado deben tener un espacio en tu agenda y debería ser por ley, al menos darles cinco minutos. La vida da muchas vueltas y nunca sabrás quién podrá ayudarte en algún momento. Solo hazlo por amor, sé amable, sé atento, respeta a todos y da gracias cada día por las oportunidades que la vida te brinda, como respirar. En este medio no esperes nada de nadie, simplemente hazlo por amor, que la vida te lo agradecerá, no te olvides de la gente, no te olvides de ti.

Capítulo 12.
Confianza vs Sindicalizados

*Este capítulo está dedicado a los Godínez
que son sindicalizados.*

En los años que he trabajado en este bello oficio me ha tocado estar en lugares donde existen diferentes formas de contratación: honorarios asimilables, plaza de confianza y los que tienen base de sindicalizado. Para mí solo existen dos, los trabajadores de confianza y los trabajadores sindicalizados. Todo depende de la oferta que te hagan. Personalmente, siempre he sido contratado como un trabajador de confianza, que tiene su lado bueno y su lado malo, como todo.

Cuando me han contratado como trabajador de confianza es porque me han ofrecido un cargo de cierto nivel, con buen salario y visibilidad en el medio laboral. No tienes un horario fijo, tienes tu seguro médico o no, dependerá de la contratación. Estos cargos son un gran reto porque habrá muchas personas interesadas en tu puesto, intentarán desterrarte para ellos aprovechar y quedarse con tu lugar, eres un blanco. Entonces debes tomar en cuenta que si un día le caes mal al jefe, habrá diez personas esperando tomar tu espacio.

Ser un trabajador de confianza tiene dos caras. Por ejemplo, puedes llegar tarde a la oficina, pero trabajas quince horas al día. Tienes un buen pago y también pueden despedirte al día siguiente inventando algún concepto para justificarlo, solo te dicen adiós. Considero que ser de confianza es una oportunidad que debes aprovechar para crecer, solo sé consciente de que estos puestos son pasajeros. Disfrútalos, por eso te recomiendo que no te encariñes, no entregues tu vida, porque el día de mañana simplemente te darán una patada, serás otro más de la lista que pasó por la oficina. Ahorra mientras estés en funciones. Haz tu trabajo bien, pero no entregues tu alma.

Otra forma de ser contratado es ser trabajador sindicalizado. Este tipo de contratación se asemeja totalmente a aquellos que buscan tener un «trabajo seguro». Cuentan con un servicio médico, tienen un horario establecido —generalmente 8:00 a. m. a 3:00 p. m. —, cuentan con miles de días de vacaciones, reciben bonos económicos solo por respirar, tienen un pago puntual que llega seguro segurito y, para que te cale más, tienen un sindicato que los defiende por todo. Por lo general, estos puestos se obtienen por palanca[13]. Es muy raro que alguien con buen currículo y un buen nivel de estudios entre con base,

---

[13] **Palanca:** Es una definición en México que se utiliza cuando alguien te mete a trabajar o entregas algo a cambio.

siempre entran con base los hijos del papá o de la mamá que se jubiló.

También están los que dan una mochada[14], compran su lugar, sobornan a alguien en el sindicato para entrar, pero esa es historia de otro libro. Cada persona puede buscar su propia forma de vivir, cuando haces las cosas bien todo tu entorno mejora, imagina hacer las cosas bien en tu trabajo, lo más seguro es que tu entorno mejorará. En uno de mis cargos tuve personal contratado de confianza y sindicalizado.

Comenzaré con el personal de confianza: ellos tienen un horario flexible, trabajaban perfectamente, son respetuosos, siguen instrucciones, si necesitas convocarlos para trabajar en fin de semana, aceptan. Luego se les compensa, siempre están disponibles. Tal vez porque saben que pueden perder su trabajo de un día para otro.

Por otro lado, el personal sindicalizado es distinto: ellos trabajan durante una jornada, se inventan enfermedades para incapacitarse cada que pueden, meten vacaciones, aunque sea temporada alta de trabajo, dicen lo que piensan, aunque ofendan a alguien, pedirles apoyo en fin de semana es imposible. En conclusión, solo cuentas con ellos en su horario establecido y solo hacen lo que les dijo el sindicato que hagan, se burlan de los jefes abiertamente, les vale madre, porque no los puedes despedir.

Una vez tuve problemas con una persona sindicalizada que pertenecía a mi equipo de trabajo. Era una

---

[14] **Mochada:** Es una definición en México que se utiliza cuando alguien paga y corrompe a una persona por algo a cambio.

persona problemática, intenté hablar con ella para resolver la situación, pero no quiso cambiar su actitud, continuó creando conflictos. Decidí informar a mi jefe que la pondría a disposición, es decir, no podía despedirla, pero sí retirarla de mi departamento. Si no sirves no estorbes.

Mi jefe estuvo de acuerdo. Realicé los movimientos pertinentes, le envié el oficio notificando que a partir de tal fecha estaría a disposición —es decir, que ya no sería parte del equipo, se iba a oficialía para que le buscaran otro espacio dentro del Gobierno—. Al recibir el aviso, llegó a la oficina llorando, mencionando que no quería ser trasladada a otro lugar porque vivía cerca del área de trabajo, cambiarla le perjudicaría toda su rutina, me inventó mil maravillas para lograr quedarse en su lugar, pero mi postura era otra, debía ser cambiada por lo ocasionado.

Pasaron dos días, recibo una llamada. El sindicato intervino para defender a su trabajadora, me pidieron una reunión, misma que acepté llevar a cabo. Llegan los representantes a mi oficina, lo primero que noto al ver llegar al licenciado del sindicato es que venía con una postura retadora. En lugar de buscar una solución o conciliar, llegó con actitudes ofensivas e intentó intimidarme. Me dijo que estaba haciendo mal uso de mi poder, que violaba los derechos de su trabajadora y hasta de lo que me iba a morir, así que tuve que mantener mi postura. Cuando me hizo enojar, muy amablemente le respondí que la decisión estaba tomada. Le aconsejé que como era el defensor del Sindicato, buscara otro espacio en donde su trabajadora se desempeñara en paz y en armonía, eso era lo mejor para ambas partes.

Me llama mi jefe directo regañándome por la visita. Me dio a entender que estaba causando problemas. Le expliqué que no había hecho nada malo, simplemente estaba realizando un proceso normal ante un conflicto laboral. Indignado y enojado me dijo que no quería ver al sindicato en nuestras oficinas —le dio miedo—. El conflicto concluyó en que cambiaron a la trabajadora de área. ¿Les digo algo? No pasó absolutamente nada, nada, nada. La vida continuó su rumbo. Ahora en el área de trabajo donde estaba ella dejó de haber conflictos, el ambiente mejoró. No hice nada injusto, estaba quitando la manzana podrida del frutero. Otra anécdota que les tengo con los sindicalizados es sobre el proceso de no serlo a serlo; me tocó ver el proceso de una hermosa mariposa convertirse en oruga.

Un trabajador que contaba con el puesto de intendente estaba contratado como empleado de confianza, ganaba un sueldo bajo, estuvo contratado por ese concepto por diez años. Cuando entré en funciones, me solicitó una reunión. Habló conmigo pidiéndome si le podía ayudar a subirle el sueldo o conseguirle una plaza de sindicalizado por los años que tenía laborando, aparte necesitaba un seguro médico por ciertos problemas de salud. Con gusto acepté. Le dije que de corazón haría lo posible por ayudarlo. Antes de gestionar su apoyo, quería ver si era un buen trabajador. Resulta que sí lo era, siempre estaba atento, siempre estaba apoyando, siempre estaba a la orden. Busqué la forma para que le dieran su base. Ese proceso tardó algunos meses, casi un año. La misión se cumplió, él estaba contento porque ahora tenía un «trabajo seguro», le dieron su plaza. Me alegré por eso, ahora su familia tendría mejores recursos económicos y un seguro de salud.

Lo curioso de esta historia es que cuando estaba contratado como trabajador de confianza, siempre estaba atento y era acomedido. Lo encontrabas en su área de trabajo, andaba de arriba abajo. Pues parece que de mariposa se transformó en una oruga. Ahora cuando llegaba a buscarlo en su área de trabajo, nunca estaba, y si es que lo encontraba, estaba sentado. Ahora ya no quería apoyar, ya no era atento, ahora yo tenía que ponerme a hacer cosas que él tenía que hacer, él solo me miraba sentado. Tenía que darle instrucciones para que me ayudara, muy a la fuerza me ayudaba, me hacía caras. Con esta historia solo les quiero decir que el sindicato le dio un súper poder. No lo podíamos correr, era intocable, era como un súper héroe. Ahora estaba protegido por el sindicato. ¿A ti te gustaría tener ese súper poder?

Quiero dejar en claro que no todos los trabajadores de confianza y plaza son como lo relaté. Existen personas sindicalizadas muy trabajadoras y personas de confianza muy flojas porque entraron con palanca, esto fue algo que viví. Lo importante es hacer bien tu trabajo, ser atento, ser amable y servir a todos por igual. En este mundo necesitamos personas comprometidas en ayudar. Si todos nos ayudamos, todos mejoramos, sin importar si eres un trabajador sindicalizado o de confianza.

No te asustes si un día te llega un sindicato a la oficina. Es cierto que ellos deben defender a sus trabajadores ante injusticias o irregularidades, pero si no has cometido injusticias o irregularidades mantén la calma, es parte del proceso. Felicito a los súper héroes que sí se ponen el traje y utilizan bien su súper poder.

Capítulo 13.
Mapacheo

Tal vez estás pensando en salirte de trabajar, quieres irte al mundo de *freelacer* o quieres poner un negocio siendo sindicalizado. Para esto, creo que es conveniente que antes de salirte tengas un plan o al menos un sueño que te motive a dar ese gran salto.

En algún momento tuve un compañero que quería renunciar al trabajo por el simple hecho de que estaba cansado del Godinismo. Me contaba que se sentía como ratón encerrado; es válido, he estado en esa situación. Me decía que siempre era lo mismo, cada vez tenía más pendientes, todo era urgente, todo para ayer. No se sentía cómodo, el estrés se lo comía. Un día tomó la decisión de renunciar. En el momento de la decisión, le pregunto: «¿Ahora qué harás?» —yo pensando de manera clásica, es decir: en qué trabajo seguro estaría—. Me responde que no sabe, solo quería salirse y que en la calle vería qué hacer. La verdad, me preocupé por mi amigo. Él no sabía qué sería de su vida, pero tenía sueños por cumplir. Al momento que renunció, solamente le deseé lo mejor, contaba con mi apoyo. Comenzó a enfocarse en sus sueños. Al día de hoy, cuando hablo con él, me dice que fue lo mejor que le ocurrió. A veces gana bastante dinero, a veces dice que sobrevive con mil pesos y cuando le quedan ocho pesos en su bolsillo por arte de magia llega el trabajo. Dice que todo en la vida se acomoda. Su rostro ahora está lleno de felicidad, siguió su sueño, aún no lo ha concretado al cien por ciento, pero es feliz. Le hizo caso a su instinto, rompió las cadenas que lo ataban, su vida simplemente mejoró, buscó la felicidad y la encontró.

En mi caso, una vez estuve trabajando en mis sueños. Con gusto realizaba mis actividades en el trabajo, pero comencé a descuidarlo. Estaba más enfocado en mis sueños. Olvidé una cosa, nada es seguro en esta vida.

Un día por la mañana al ir al trabajo, me despidieron. Me quedé totalmente indefenso. Con un sueño, pero sin un plan. Es decir, me quedé embarcado con mis anhelos que no eran redituables y ahora sin un ingreso fijo. Aprendí la lección, es muy importante tener un sueño que realizar, contar con un plan a corto plazo, es decir, si quieres dejar de ser Godínez, cuida tu empleo, hazlo bien y cuenta con un plan B por si te corren, así podrás conseguir tus sueños.

Las Tres Reglas del Mapache:

Primera regla: Cuida tu trabajo por el que fuiste contratado, realiza las actividades en tiempo y forma, de cierta forma ten contento al jefe para que tengas un salario fijo, esto te permitirá arriesgarte.

Segunda regla: Una vez que estés estable con tu salario fijo, trata de tener un proyecto que te genere dinero extra, esto te permitirá tener otros ingresos por si te corren o por cualquier cosa. Puedes vender cosas por Facebook, cantar en bares, ser asesor, existen muchas opciones, busca tu perfil, busca tu ingreso extra neni[15].

Tercera regla: Ahora, ya que funcionan las dos reglas, la tercera regla consiste en trabajar duro por tus sueños. Con el dinero que generas puedes dedicar un porcentaje a invertirlo. Piensa siempre en grande, sueña en algo que creas que pueda ser inalcanzable. Con dedicación y constancia, la vida te sorprenderá.

Tal vez te preguntas por qué se llama este capítulo Mapacheo. Te cuento. A esto se le define literalmente a la segunda regla, tener otra opción de trabajo que te genere otro ingreso. El mapacheo es necesario, es tu extra, aquí el problema es que he conocido a mapaches en el trabajo que comenzaron poco a poco, luego empiezan a generar buenos ingresos de su proyecto y se dedican el 90% a mapachear y el 10% a su trabajo por lo que fueron contratados. Conozco muchos mapaches sindicalizados. Tienen el súper poder y dinero, ahora córrelos. En concreto, mapachear es dedicarle más tiempo a un trabajo extra y solo te haces pato en el trabajo, haciendo que haces, pero no haces. Es por eso que si aplicas esta segunda regla, recuerda que primero tienes que atender los pendientes de tu trabajo por lo que fuiste contratado. Adelántate todo lo que puedas con los pendientes, para que esto te dé un tiempo y logres trabajar en nuevos ingresos. No seas mapache solo generador de dinero, ten un sueño. Y bueno, si tienes mucho tiempo libre en el trabajo, hasta puedes escribir un libro, si eso deseas. ¡No seas Mapache!

---

[15] **Neni:** Es una nueva forma de llamarle a emprendedores que inician sus negocios por internet.

Si eres un sindicalizado, cuentas con tu plaza y el destino te llevo allí, también puedes trabajar por tus aspiraciones, solo que no puedes dejar tu empleo a menos que renuncies a tu base, que sí pasa, pero las reglas del mapache son las reglas, aplica igual. Como sindicalizado puedes omitir la segunda regla, porque tienes el súper poder, no te pueden correr, cero preocupaciones. En realidad, no necesitas el extra. Esto dependerá de tu ambición, tienes el súper poder, utilízalo a tu favor.

Si de plano no piensas generar nuevos ingresos, ni tienes un sueño, estás decidido a ser un Godínez durante treinta años hasta tu muerte. Es respetada esa decisión, solo te puedo recomendar lo siguiente: no te conformes en la vida, sueña, ten iniciativa, y si no ayudas, no estorbes.

Capítulo 14.
La Guerra del Café

Te contaré la historia de la Guerra del Café para que me entiendas un poco más a lo que me refiero si eres un Godínez que no busca aplicar las reglas del mapache y no tiene ganas de hacer nada. Llegué a una nueva oficina como otro servidor público más. Estaba en una oficina con puro sindicalizado. Ingresé con un contrato de honorarios asimilables, solo me pagaban por el servicio administrativo que realizaba —me podían correr cuando quisieran—. Durante unas semanas me percaté que esa oficina no contaba con el aroma mañanero. Era algo raro, una oficina sin café no es oficina. Yo siempre llegaba con mi termo lleno de cafeína.

Pasaron los meses, un día olvidé mi termo en la mesa de la casa, llego a la oficina y tenía ganas de un cafecito. Veo una cafetera, pregunto si alguien quiere para poner, todos voltean y me dicen «¡No hay café!» Les estoy hablando de que habían pasado tal vez algunos dos o tres meses desde que llegué a esa oficina. Entonces pregunto «¿Les gusta el café?» Todos responden que sí. Insisto: «¿La cafetera tiene algún problema o por qué no ponen?» Responden que nadie ha comprado y nadie va a poner el café. Me justifican que de eso se encargaba la chica que había renunciado. Es aquí que insisto que el puesto de la persona encargada de la cafetería debe ser una contratación obligatoria, debería ser parte del organigrama. Entonces uno de ellos menciona: «Estamos en "guerra"». Me quedé pensando, ¿en guerra?, estarán peleados unos a los otros o qué pasará. Entonces por la tarde seguía con la duda, le pregunto a esa persona que mencionó lo de la guerra: «Oye, una pregunta, ¿por qué están en guerra?» Responde: «Mira, la chica que estaba en tu puesto estaba encargada de la cafetería, ella lo traía, lo ponía todos los días, limpiaba el área, traía galletas, siempre nos atendía. Ahora ya no tenemos quién lo ponga. Entonces nos pusimos en guerra; decidimos ver quién aguantaba en abstinencia de cafeína. El primero que pusiera el café iba a quedarse con ese cargo, entonces desde ese momento nadie trae y nadie lo pone». Es chistoso, pero es real esta historia. Todos deseaban algo y sabían cuál era el obstáculo, pero nadie lo quería resolver. Al otro día llego con café y lo pongo, desde ese día me nombraron con un nuevo cargo, con nuevas responsabilidades, ahora era el nuevo Coordinador de Cafeterita de la Dirección. Todos felices.

Esta historia puede sonar muy absurda, pero esta anécdota refleja la poca iniciativa que tenían en el trabajo. Si el jefe no iba a la oficina, ellos no movían un dedo, si el jefe no los ponía a hacer actividades, simplemente no hacían nada, nadie proponía, nadie metía las manos, pero eso sí, todos hablaban del mal trabajo del jefe y opinaban cómo debían hacerse las cosas. Se creían jefes.

Trabajar en una oficina tiene sus complicaciones. Estar en un equipo es similar al funcionamiento de una máquina; si un engrane falla, todo falla hasta el punto de detenerse. Echarlo a andar posteriormente será muy difícil. El trabajo en equipo es fundamental, un buen ambiente laboral facilita y puede lograr grandes cambios. Si eres un Godínez sindicalizado y estarás aproximadamente durante treinta años en funciones o no, te pido, por favor, ten iniciativa, haz el trabajo más sencillo para todos, propón en el trabajo, haz que las cosas sucedan y si no quieres involucrarte en responsabilidades grandes, al menos pon el café.

Capítulo 15.
Renueva el ciclo

La naturaleza del ser humano es estar en constante movimiento. Cambio tras cambio, el tiempo pasa y no se detiene. El paso por oficinas me ha dado grandes lecciones, he mirado a personas que están estancadas y no quieren renovarse, apostar por algo nuevo. No me refiero a que renuncien y que inicien todo de nuevo, claro que no. Algunas personas han heredado la base de sindicalizado de sus padres y ese fue su destino. Aceptar la plaza es su única opción, pero estando así contratado puedes renovarte.

Renovar el ciclo es esencial en todos los aspectos. Aunque por treinta años tengas que estar en el mismo lugar, existen formas para estar en constante renovación. Si te percatas que una persona está estancada, ayúdala.

En uno de mis equipos cercanos contaba con una colaboradora con una cara dura, ojos tristes, despeinada, con una energía baja, siempre estaba enferma, no cuidaba su vestimenta, era todo un caso. La entrevisté para conocerla un poco más y no descubrí mucho de ella. Entre sus compañeros les pedí a manera de chisme que me contaran cuáles eran sus funciones, su historia. La respuesta era simple: «Nunca tiene ganas de trabajar, si es que llega al trabajo». Era una persona con la que no podía contar de ninguna forma. Al escuchar eso, sentí feo. Cómo puede estar una persona en un espacio como florero. Todos la miraban como un mueble más, no la tomaban en cuenta en las actividades ni le decían buenos días. Comienzo a observarla, a estudiarla, me di cuenta de que le gusta la pintura. La verdad sus pinturas eran buenas, me percaté que era creativa. Poco a poco le pedí que me ayudara en responder oficios. Le comencé a poner ejercicios de redacción, ella comenzó a redactar los oficios con su estilo, agregando nuevas palabras. Entendió cómo me gustaban las respuestas de oficios a las peticiones, delicadas, respetuosas y parcialmente negativas, para no decir que eran totalmente negativas; a todos les decíamos que sí, pero no les decíamos cuándo, nunca había presupuesto —responder oficios es de lo más creativo—. Duró en mi equipo un año aproximadamente. En ese tiempo, comenzó a arreglarse para ir a trabajar, sonreía, dejó de faltar al trabajo, ya no se enfermaba tanto, ahora tenía iniciativa. Cuando terminaba con los oficios me preguntaba si había algo más, le daba otros pequeños trabajos, posteriormente se jubiló. Los colaboradores que tenían tiempo trabajando en la oficina y conocían a esta persona, me preguntaban qué fue lo que hice. Solo respondía que era mi brazo fuerte del equipo, eso también se lo decía a ella. No conocía la historia de esa persona, lo único que tenía claro es que estaba estancada. Recuerda el dicho: «Agua estancada se pudre». Ella nunca quiso renovarse en la oficina y a nadie le interesó ayudarla. Fue perdiendo el brillo, casi casi tenía número de inventario. Por esa situación intenté ayudarla, descubrí sus talentos, tanto que hasta la apoyé para que inaugurará una exposición pictórica con sus obras. Le mencionaba diariamente «Eres una gran artista», no se lo creía, pero yo sí creía eso. Intentaba motivarla.

Cada oficina es diferente, cada día es diferente, cada ser humano es diferente. No sabemos por qué situación están pasando o qué sucedió para que la persona se estancara. Cuando alguien en una oficina está en estado de confort y no quiere cambiar, debe reflexionar si quiere que le pongan número de inventario. Puede que tú estés pasando por ese momento o notes que alguien más está pasando por ese momento; en ese instante es hora de renovarse. La cordialidad, la empatía y el humanismo debería ser primordial en una oficina.

Hoy en día, ayudar a las personas no es algo común, ese principio se ha olvidado. Debemos recordar que todos estamos en el mismo barco, ayudar hará que las cosas fluyan. Conozco otras historias de sindicalizados que después de quince años de estar en un mismo lugar, los cambian de área y parece que su vida ha terminado. Piensan que no servirán en otra área, después que los veo me comentan que son más felices y se sienten útiles en sus nuevas actividades. Por mi parte, cuando siento que mis conocimientos y esfuerzos no están ayudando a desarrollarme en el ámbito laboral analizo lo que me está sucediendo. Si concluyo que perdí la motivación, busco la forma de renovar mis ciclos. Si de plano te das cuenta que ya no tienes nada más que aprender en tu trabajo, es momento de renovarte buscando nuevas experiencias. Todo ser humano tiene su encanto. Renuévate.

«Si no cambias, te cambian. Está demostrado que los que se resisten al cambio suelen terminar aplastados por la contundencia de los hechos».
Walter Riso

Capítulo 16.
¿Oficina o Sueños?

La verdad siempre estuve pensando en proyectos que realizar afuera de la oficina estando en la oficina. Cuando acepté mi primer trabajo en una oficina, pensé que con el dinero que me pagarían podría realizar mis sueños. La verdad es que no fue así. Comencé muy emocionado. El primer año se me fue rápidamente. Me percaté que no pude hacer nada de mis proyectos personales, no hice nada para abonarle a mis sueños. La oficina me absorbió, las horas extras no pagadas se llevaron mis energías, mis ganas de trabajar en mis sueños; en ese momento valoré la brevedad de la vida. Es por ello que debes tener cuidado con la comodidad que te ofrecen estos empleos, y tener cuidado con la frase «ponte la camiseta», es un gancho para una explotación laboral segura.

Después de este año, inicié a darle marcha adelante a mis actividades como músico. Estaba trabajando en ellas, ahora era primero mi sueño y luego mi trabajo de oficina. Obviamente siempre estaba al día para poder tener tiempo libre e invertir tiempo en mis objetivos. Algunas veces le mentía a mi jefe, cuando me pedía nuevos trabajos, le inventaba que me diera chance de terminar toda la fila de encargos que ya me había dado, eso me daba tiempo de trabajar en mí.

Un día, platicando con un compañero del trabajo, estábamos hablando de música. Me contó respecto un grupo que tenía hace años, me mostró lo que hacían y me pareció una excelente propuesta musical. Era bueno, lo primero que le pregunté fue «¿Qué pasó con tu banda?» Me respondió que tuvo que abandonarla por el trabajo de la oficina, ese puesto lo consumía. También le pregunté cuántos años tenía encerrado en esta oficina. Me respondió ocho años. Este medio te esclaviza ante un horario; entras a una hora, te dejan salir treinta minutos a ingerir alimentos y tomar el sol, regresas y, si bien te va, tienes hora de salida.

Conversando con compañeras y compañeros de la empresa, escuché muchas historias similares; unos fueron bailarines, artistas escénicos, artistas pictóricos, varios eran deportistas, y todos dejaron esas actividades porque ahora estaban muy ocupados en la oficina. Les preguntaba «¿Cuántos años tienes aquí?» Todos respondían diez años, quince años, veintitrés años… con ese tiempo encerrados sería muy difícil sacarlos de esa zona de comodidad. Sería muy difícil convencerlos de que trabajaran en cosas que los nutrieran, a unos ya no les interesaban. Al parecer unos no tenían la energía para intentarlo, a otros las responsabilidades de la vida los atraparon y eso influyó en perder su pasión. Fue la maldita oficina que los alejó de su esencia. Cuando era la hora de salida, todos iban a sus casas sin energías, sin ganas de nada, sin ninguna pasión por delante. Es por eso que debes tener mucho cuidado con el Godinismo. Este trabajo es como una esponja que absorbe el brillo de la gente. Les pone una corbata, les hace subir de peso, los enferma, les obstruye todos sus sueños, les quita energía y les roba su tiempo. No permitas que te suceda eso. Cambia si te encuentras en esa situación, nunca es tarde para comenzar, así que no te pongas triste, si quieres iniciar algún proyecto, recuerda que la disciplina siempre vence al talento. Busca actividades que te nutran, continúa con la realización de tus sueños o ideas creativas que te de pena realizar, no pierdas esa esencia, existen miles de libros de autoayuda, hasta para artistas jubilados, anímate, recupera ese brillo y ten cuidado en no entrar a la prisión del Godinismo. Y tú, ¿qué prefieres: una oficina o tus sueños?

«Muchas veces la gente intenta vivir su vida al revés; intenta tener más cosas, más dinero, para poder hacer más de lo que les gusta porque así serán más felices. Pero lo cierto es que funciona al revés. Primero tienes que ser quien realmente eres, y después hacer lo que necesitas hacer para poder tener lo que quieres».

MARGARET YOUNG

Capítulo 17.
Doctor Chapatín

A mí también me absorbió la oficina alguna vez. Eso me llevó a subir de peso, estuve enfermo, tuve un estado de ánimo depresivo, me descuidé personalmente, todo por cuidar obsesivamente el trabajo.

Un día estaba en un evento, me dieron el uso de la voz para dar la bienvenida. Comencé a hablar, de pronto sentí un calambre en la cabeza, luego mis piernas se debilitaron, abracé a una persona que estaba a un lado de mí, se me quedó viendo raro, pensó que le estaba coqueteando. En eso corté mi mensaje abruptamente, solo dije gracias. En eso sentí como si me hubieran apagado las luces, abrí mis ojos y estaba sentado en una silla. Me estaban echando aire; me desmayé, cuando abrí los ojos estaba temblando, pero temblando muy fuerte. Tenía mucho frío y estábamos en época de verano con una temperatura de 45 grados centígrados. Me subieron a un carro y me llevaron a emergencias. Según yo iba delirando, iba todo mareado, seguía con frío. Llegamos al hospital, me tomaron todos mis signos vitales, nada, nada, simplemente no tenía nada, no tenía temperatura, mi respiración estaba perfecta, la presión estaba bien. Entonces le pregunto a la enfermera qué medicamentos tomo. Me dicen «Nada, solo vete a descansar, no tienes nada». No entendía, pero yo estaba temblando y me sentía mareado. Estuve yendo a doctores a tratarme. Me detectaron vértigo, no lo podía creer porque estaba muy joven para esos problemas. Seguía con todos los tratamientos y trabajaba, se me había terminado el medicamento, hice cita con el doctor donde tenía mi seguro, llegué, el doctor que me atendió era una persona mayor de edad, aproximadamente unos setenta años o más. Me pregunta qué tenía, qué sentía, estaba leyendo todo mi historial. Se comienza a reír y me dice, cuéntame todo lo que te pasó en este tiempo. Le conté toda la historia.

Al concluir la historia de mi sentir físico, el doctor me pregunta qué puesto tenía. Se lo digo, me responde que estaba muy joven para estar en ese cargo, que no dudaba de mis capacidades, sino de mi inexperiencia en el medio, continuó el doctor: «Ya no te daré más medicamento, te voy a recetar unas buenas vacaciones con tu teléfono apagado. Vete con tu familia a la playa, con tus amigos, vete y ponte una buena peda que al otro día se te olvide todo, pero cero trabajos durante una semana». Yo respondí que no podía hacer eso, me necesitaba mi equipo, en eso me contó su historia.

Relato del Doctor Chapatín
«Yo fui director general de un hospital cuando estaba joven, igual que tú. Los problemas que existían en el hospital rebasaban todos los esfuerzos; solo diez personas en el equipo atendíamos quizás a seiscientas personas por día. Súmale que había muchas cosas que no estaban en mis manos, de-

pendía de otras áreas, que si llegaba el medicamento o no, si vinculábamos a pacientes con especialistas, diversos problemas que no eran míos. Comencé a enfermarme, la mala vibra del hospital la llevaba a la casa, todo el día hablaba de trabajo con mi esposa, con mis hijos, con mis amigos, en todo momento. Se me comenzó a caer el pelo, tenía mareos y una infinidad de síntomas. Terminé en el psicólogo, le conté todo y me recomendó unas vacaciones, me recomendó separar mi vida personal del trabajo, cada tema se habla en su espacio y en su momento; en casa se hablan temas familiares, en la fiesta se hablan cosas de fiesta, en el trabajo hablas de trabajo y en las vacaciones se descansa.

En ese momento entendí, que yo mismo me estaba enfermando, yo era el culpable de la situación. Lo mismo te está pasando a ti, te estás olvidando de ti. O sigues el consejo que me dio mi psicólogo hace cuarenta y cinco años o atente a las consecuencias que te dejará esta situación. Tú tienes una mezcla entre ansiedad, estrés y depresión, es muy peligroso, las enfermedades más peligrosas son las que uno se crea. Tómate unas vacaciones, no vuelvas al doctor y apaga tu teléfono, ahora la única persona que importa eres tú».

En esta ocasión, el doctor hizo la receta sin medicamentos, solo puso en grande «Tomar Vacaciones 7 días x todo el día». Poco a poco fui recuperándome, después de olvidarme de mí, de escritorio tras escritorio, decidí cambiar el *chip* si continuaría trabajando en una oficina. Primero tomaría las riendas de mis prioridades, ahora haría ejercicio y me alimentaría sanamente. Dejaría a un lado las cervezas y los *boneless*, ahora lograría mi sueño de escribir un libro, dejaría a un lado el chisme por la mañana —es difícil, lo entiendo—, dejaría a un lado las horas extras no pagadas y ahora aprovecharía el tiempo con mis seres queridos.

Logré poner límites, lo que pasa en la oficina se queda en la oficina. Una vez que mi pie salía de ese recinto, no contestaba el teléfono, ya había concluido mi tiempo. Cuando estaba en una fiesta con mis seres queridos, estaba presentes con ellos, escuchándolos, no estaba en el teléfono, estaba con ellos. Cuando estaba de vacaciones, estaba descansando y así sucesivamente, hasta que logré dejar a un lado todo lo que me dañara. La ansiedad, el estrés y la depresión son enfermedades mentales que no se pueden ver, son enfermedades que se crean por situaciones laborales o personales, nadie les toma importancia, es momento que escuches a tu cuerpo y le pongas atención a estos síntomas, cuida tu salud física y mental, debe estar en tu canasta básica.

Ahora decido alimentar a mi ser, decido invertir sanamente mi tiempo, ahora el trabajo no influye en mi ser, ahora nada me aparta de mis sueños. Para lograr todo esto, tuve que pasar por situaciones que espero no experimentes, solo divide en tu vida las peras de las manzanas.

Capítulo 18.
Un lunes muy domingo

Imagina despertar un día en donde ya no tengas que ir a una oficina, en donde la rutina Godínez desaparece, en donde el sonido de los tacones no existe, en donde ahora tienes todo el poder sobre la cafetera en casa. Durante diez años estuve siempre en una oficina, primero haciendo mi servicio social, luego como un Godínez profesional, repitiendo ciertos patrones diariamente: planchar la ropa arrugada, hacer el lonche o comprar comida rápida si se hizo tarde, saludar de mano y sonreír, chismear con los de la oficina y tomar café, trabajar bajo presión porque todo era para ayer, y esperar la hora de salida. Un día, la vida me volvió a recordar que nada es seguro.

Estuve laborando en una oficina de gobierno, en este trabajo conocí un término que me afectó y nunca me había tocado experimentar como trabajador, «La Veda Electoral». El Instituto Nacional Electoral lo define como: *Conjunto de medidas que tiene el objetivo de generar condiciones para que la ciudadanía reflexione el sentido de su voto en libertad.*

Es decir, arrancaban las campañas políticas, las fotografías de los candidatos abrazando a los más necesitados, mojándose en las calles, haciendo cosas que usualmente no hacen, pero es su momento de convencer a los ciudadanos. El jefe un día nos cita a la oficina a todos los colaboradores que estábamos contratados por honorarios asimilables, es decir, estábamos contratados por la prestación de un servicio. Nos explica la situación; los contratos se darían por terminado y no se renovarían hasta que concluyera la veda electoral. Nos contaba que anteriormente algunos gobiernos utilizaban ese método de contrataciones para reclutar a personal y mandarlos a trabajar en la veda electoral con algún candidato en vez de realizar sus actividades en la oficina, esto le dio sentido a todo. Aquí ya no estaba en mis manos, ni en las del jefe, que tendrían que concluir con los contratos. Puede que en algún momento experimentes un recorte de personal, una restructuración de puestos, se declaren en bancarrota o simplemente concluya el contrato y tu tiempo terminó. En mi cabeza ya rondaba la posibilidad de que algo así sucedería, quedarme sin trabajo, solo que en ese momento no tenía claro qué haría de mi vida, pasaba por la crisis de los treinta.

Los fines de semana continuaba implementando la segunda regla del mapache, tenía otros ingresos extras. Por la mañana era un Godínez y por la noche era un artista. En esta ocasión sucedió que, a partir del lunes por la mañana, ya no sería un Godínez. El viernes toqué en un restaurante, el sábado en una fiesta privada y el domingo en la calle. Sí, leíste bien, en la calle, las circunstancias del momento me daban la corazonada de tocar en un espacio público dentro de un proyecto cultural. A decir verdad, ha sido uno de mis mejores lugares para tocar; ver disfrutar y bailar a los niños llenos de inocencia es una de las mejores experiencias de mi vida, cantar para borrachitos e indigentes también es una sensación inexplicable, simplemente les regalaba a los transeúntes un momento de felicidad. Había personas que se veía que tenían problemas de pobreza extrema, algunos de ellos llegaron a darme un peso por tocarles una canción, eso movió mi alma.

Llegó entonces ese lunes por la mañana. La rutina ya no era la misma, ya no había una oficina a la que tenía que ir, ya no había un horario que cumplir, ya no tenía que estar vestido formal, ya no escuchaba tacones, ya no olía a café, ya no había chismes, solo estaba yo y toda una vida por vivir.

Tenía la casa un poco desordenada. Tuve que tomar acción, la primera actividad fue poner café, al parecer esta primera actividad aplica para toda circunstancia. La segunda fue poner buena música para ambientar. La tercera comenzar a limpiar. Fue una limpieza extremadamente profunda, no hubo un rincón de mi casa que no se hubiera limpiado, hasta las rejillas del aire acondicionado se limpiaron, fue un trabajo Premium.

Tuve la oportunidad y tranquilidad de hacerme comida, sin presiones, de dormir una siesta, simplemente de vivir. Ese lunes muy domingo me invitan un café por la tarde, acepto la invitación. Era un día agradable, el clima refrescante, caía el atardecer frente a mi chai de vainilla. Mientras platicaba con mi amigo, le explicaba que me sentía raro; durante diez años siempre llegaba a una oficina por una u otra razón, específicamente ese lunes no tenía a qué oficina ir, simplemente estaba procesando qué seguiría, era un sentir nuevo en mi ser. Me pregunta «¿Qué harás ahora?» Le respondí que mi realidad por el momento era vivir como músico, pero eso era los fines de semana, era totalmente la otra cara de mi vida, era el contraste de mis oficios. Mientras el Godínez trabaja de lunes a viernes de 8:00 a. m. a 3:00 p. m. y busca un sitio para ser feliz los fines de semana, el Artista trabaja de viernes a domingo por la noche para hacer felices a los Godínez que buscan ser felices por un momento. Cuando le contaba esto, me dijo algo que me dio mucha risa: «Entonces tú serás de esas personas que están caminando con sus mascotas por la calle, mientras las personas que conducen su carro porque están trabajando se preguntan en qué trabajará ese hombre que está tan feliz en lunes a las 9:00 a. m. caminando con su perro».

Solo reí y le contesté: «Puede ser, puede ser». Llegué a mi casa, con esa sensación rara. Caía la noche, era momento de prepararme para dormir, tomé el libro que estaba leyendo en ese momento, *Nada es tan Terrible* de Rafael Santander. Leyendo algunas páginas me devolvió la tranquilidad, lo que sucedía en mi vida era una nueva sensación, era una nueva aventura, era una nueva oportunidad, era algo bueno que sucedía.

La respuesta aún no la encuentro, pero supongo que de eso se trata la vida, de cuestionarnos, de buscarle un sentido.

"Creo que nadie puede dar una respuesta ni decir qué puerta hay que tocar, creo que, a pesar de tanta melancolía, tanta pena y tanta herida, solo se trata de vivir.

Debes andar por nuevos caminos, para descansar la pena hasta la próxima vez.

Seguro que al rato estarás amando, inventando otra esperanza, para volver a vivir".

Litto Nebbia

Capítulo 19.
El Espejo de un Godínez

Las historias que te conté solamente son algunas anécdotas que me ha tocado vivir oficina tras oficina, este mundo de Godínez entre café, tacones, cervezas, archiveros, hojas y plumas azules son el reflejo de lo que he podido experimentar y reflexionar. Quiero dejar bien en claro que este libro no es una crítica a esta hermosa labor, al contrario, ser un Godínez es un privilegio. Gracias a esta labor mi hermano y yo pudimos comer, estudiar, soñar, disfrutar de la vida, ser Godínez es una etapa de tu vida o tal vez tu vida.

Este espejo que te comparto es para que logres entender un poco más este medio, es para animarte a ser o no ser, cualquiera de las dos opciones serán tu decisión. Esto dependerá de tus sueños por realizar, de tu realidad, de cómo te visualizas, como patrón o trabajador, que te vuelvo a repetir, ser cualquiera de las dos tiene sus ventajas y desventajas. *My Friend* en una de sus canciones lo dice acertadamente: «Lo malo y lo bueno también son inventos». Algunas veces tomar decisiones malas da resultados positivos y otras veces tomar decisiones buenas da resultados negativos, vete en este espejo.

Solo recuerda que si buscas algo seguro, te recuerdo que eso no existe, la pandemia del COVID-19 me enseñó eso. Aparte supongamos que lograste tener tu plaza de sindicalizado, listo, tienes un trabajo seguro durante treinta años, a la semana que conseguiste tu base de sindicalizado, cruzas la calle y un taxi se pasó el semáforo, te atropellaron y te fuiste con papá Dios, entonces ¿qué es seguro?

Ahora bien, decidiste estudiar una licenciatura en derecho, porque dicen que es una carrera segura, supongamos que se graduaron trescientos cincuenta licenciados en derecho en tu ciudad, todos buscan trabajo, pero solo el diez por ciento logra conseguir uno porque son apasionados del tema, entonces ¿qué es seguro?

Lo único seguro en esta vida es que vas a pagar impuestos y te vas a morir, espero esto te consuele. Aprovecha tu tiempo, que sea duradero y placentero en este planeta.

Espero hayas disfrutado este libro, espero hayas reído, espero estés motivado. El ser humano por naturaleza es bueno, considero que el medio lo corrompe, no te dejes corromper, deja que la luz de tu alma siempre brille. En este mundo hoy más que nunca necesitamos a personas que ayuden, que estén comprometidas en hacer cambios positivos, en dejar una huella. La vida es cruel e injusta, hagamos este viaje ligero, lo podemos disfrutar todos. Ahora continúa con tu día, recomiéndale este libro a un amigo Godínez y anda, se te hace tarde.

¡El checador te espera!

EL ESPEJO DE UN GODÍNEZ
DE *Carlos Germán Palazuelos*

Se terminó de imprimir en julio de 2024 en México. Se tiraron 50 ejemplares. Para su diseño se usaron fuentes de la familia Adobe Garamond Pro a 9-20 puntos. Cuidó la edición Juan José Luna. Escuela de Letras y Editorial Sanblás.

sanblas.escueladeletras@gmail.com
Tel. y WhatsApp: +52 664 3408889

DISPONIBLE EN RÚSTICA,
PRINT ON DEMAND, EBOOK Y APPLE EBOOK

Made in the USA
Middletown, DE
20 August 2024